Escritos Lacrimosos

Escritos Lacrimosos

Julio Rodas

Editorial **ARJÉ**

Escritos Lacrimosos

© 2022 by Julio Rodas

ISBN: 978-1-7369108-4-9

Editorial Arjé

1 Aeropostway Gua 44414

Miami FL 32206-3206

USA

Ilustración de la portada: Stańczyk en un baile en la corte de la Reina Bona tras la pérdida de Smolensk (1862), de Jan Matejko.

Homo sum; nihil humani a me alienum puto.

~Publio Terencio Africano

Contenido

Presentación

Escribí estos breves relatos con el fin de, si no consolar, acompañar a quien se vea en la penosa y natural disposición de compartir, como yo, una melancolía constante. En momentos de desasosiego, pocas cosas suelen evitar que caigamos aún más en el hoyo de la desesperanza y desilusión que traen consigo distintas experiencias en nuestra vida. Constantemente experimenté un tedio por las situaciones que acontecían en mí día a día. Las experiencias que podían brindarme alegría, aunque efusiva, no lo hacían. Una apatía diaria nublaba mis sentidos y mi razón. En uno de esos momentos, a mis veinticinco años, tuve el agrado de leer a Ryunosuke Akutagawa, y logró inspirarme a recopilar y escribir estos pequeños escritos. La forma en la que simpaticé con cada uno de sus relatos es inexplicable. Supe que, hacía casi cien años, hubo en tierras asiáticas un joven escritor que transitó el mismo camino accidentado y lúgubre, al cual, por razones distintas, llegué a parar desde muy corta edad. Muchas veces deseé terminar como él, pero me insistía constantemente a no hacerlo, desistía y me aferraba a lo que me permitía continuar con mi camino. Y aunque pueda haber otros autores con historias iguales o más trágicas, la empatía que viví fue tal, que mientras lo leía experimenté un sentimiento acogedor, como de un cálido abrazo, uno que solo sabe darlo un viejo amigo, o incluso la simple presencia a mi lado de quien compartía mis desavenencias e infortunios.

Uno podría preguntarse por qué hay tantos libros de grandes escritores que tratan su sufrimiento, su dolor, su angustia, su melancolía, y un sinfín de malas experiencias y hondos vacíos en el alma, pero los hay pocos de relatos alegres, gozosos, animosos y otras tantas agradables experiencias (no cuento las comedias, pues no son personales). Quizás por mi corta vida no he logrado conocer aún un breviario o un conjunto de relatos alegres que alguien alguna vez haya escrito. Al leer sobre la felicidad de otros, con mucha frecuencia reconocemos que aquello agradable no es nuestro, sea porque no lo vivimos así, o sea porque aún no hemos vivido aquello. De cualquier forma puede generar sentimientos negativos. ¿Por qué? Si leo las experiencias agradables que vivió alguien, ¿en qué podré identificarme? Quizás en algo, pero como cualquier bienestar, dura poco. ¿Acaso puedo reconocerme en esa felicidad? Al contrario, los menos sabios sentirán envidia, desdén y desinterés por leer las alegrías de alguien más. Los más sabios probablemente encontrarán una fugaz alegría que valorarán como parte de la gama de emociones posibles en el ser humano, a lo mejor ejerciten su empatía y gocen en la alegría ajena, pero, como la historia nos lo ha hecho ver, éstos seres son demasiado raros e infrecuentes como para poder ser motivo de un escrito.

Entonces, viene el sufrimiento. Esto es universal. Hay gente que ha sufrido toda su vida, y sus momentos felices podrían contarse con la mano izquierda. A esto hacía alusión Schopenhauer cuando decía que la alegría es la negación del dolor y del sufrimiento, pues ocurre en función negativa. Jamás se encontrará, haciendo referencia al primer ejemplo, a una persona que haya pasado toda una vida de alegrías con tan solo un par de momentos tristes. Por esto, y otras razones, abundan los escritos dolorosos. Si de algo podemos estar seguros, con relación a este tema, es que cada uno de los seres humanos que vivió, vive y vivirá, han sufrido, han llorado y han anhelado el cese de sus malestares. Por esto, el sufrimiento logra conectar con todos nosotros, nos recuerda que muchos han pasado por lo que nosotros, y en los momentos donde nos encontramos más abajo, no hay mejor consuelo que sabernos acompañados. La alegría se vive solo o acompañado, pero no es necesaria ninguna compañía; el dolor, en cambio, acrecienta con la soledad.

De la misma forma, espero transmitir al lector ese calor y acogimiento que puede brindar un compañerismo diacrónico, pues con certeza no podré conocer a la mayoría, pero queda en sus haberes el saber que no están solos en la agonía del dolor y el sufrimiento, sea físico, sea emocional o incluso espiritual. Los tiempos nos separan, pero el sentimiento plasmado en estas páginas nos une.

Nueva Guatemala de la Asunción, 12 de agosto de 2022

¿Quién?

Amada mía:

Te escribo esta carta con un tremendo dolor en mi corazón. Aún no puedo creer cómo sucedieron las cosas. Ni siquiera sé de donde vienen las fuerzas necesarias para transcribir todo el caos que se encuentra en mí en estos momentos. Pero siento que si no lo hago ahora, jamás podré volver a hacerlo. Este peso me aplasta cada parte de mi corazón y me he quedado sin voz de tanto gritar; no sé si es de rabia, o de frustración, pero me he cerrado en el silencio de tu ausencia.

No he dejado de pensar en ti. Han pasado días, semanas, meses... He contemplado el suicidio más de una vez, tantas formas de hacerlo... me sorprende la creatividad humana. ¿Quién me ha arrancado esta parte tan vital de mi existencia? Preciso estar molesto con alguien; de alguna forma debo descargar esta ira acumulada, esta maldita impotencia me ciega y por primera vez experimento moretones en la lengua de tanto mordérmela. Salgo de mi cuarto, pues todo me recuerda a ti. Huyo de mi barrio, pues no hay lugar donde no hayamos paseado sin amarnos. Quiero salir de la ciudad, pues por donde sea que pase pienso en el momento en el que íbamos por allí, o bien veo un trecho, una calle o un restaurante a donde pudimos haber ido alguna vez.

No soporto la risa ajena, pues los percibo ajenos a mi dolor, y a tu ausencia. ¿Qué les causa tanta gracia? ¿Acaso no ven que mi vida pende de un hilo? Cada niño que veo me recuerda al hijo que nunca pudimos ver. Cada familia me restriega en la cara todo lo que no viví cuando estabas conmigo. ¿Cómo puedo extraer tu recuerdo? Debe haber alguna forma. Pero, ¿en verdad quiero eso? ¿Qué vale más para mí? ¿Vivir una vida con el dolor constante de tu memoria, o una paz inhumana dejando en el olvido las partes de mi persona que alguna vez me dieron paz y alegrías, para darme ahora una especie de martirio e infierno viviente? No exagero.

No es que quiera morirme, más bien ya no quiero vivir. ¿Cuál es la lógica de la vida? ¿Sufriste tanto para esto? Saber que tu madre te dejó a los siete porque no había noche que no fuese golpeada por tu padre... ¿Cuántas amantes me habías dicho que recordabas haber visto desde esa noche? "Unas treinta" me comentaste un día. ¿Cuántas veces te violó ese desgraciado? Dejaste de contar desde la quinta vez... Solo yo pude ver tu belleza, solo yo podía hacerte sentir a salvo, aunque nunca lo hayas estado realmente. ¿Fui yo tu primer amigo? ¿Fui tu primer amor? ¿Me amaste alguna vez? ¿Alguien nunca antes amado, puede amar? ¿Es eso algo innato en todos? ¿Amaste alguna vez? Mientras más lo pienso, más caigo en cuenta que probablemente nunca haya sucedido.

Recuerdo cuando nos escapábamos al bosque. Me decías que tu ser vivo favorito eran los árboles, pues eran fuertes, altos, y nadie se metía con ellos. No puedo borrar de mi mente la vez que te vi abrazar una ceiba. Sangrabas y te picaban las heridas, pero eso no te importaba. Tu piel había perdido tanta sensibilidad de tanto cuero azotado en tus costados. Te sentías especial, pues nadie más podía abrazarlos como tú. Aunque no te comprendía en esos días, y me molestaba que hirieses tu piel de esa forma, adoraba verte contenta por algo. Verte sonreír me daba un propósito para levantarme cada día. Ahora no veo la razón para hacerlo.

¿Y qué me dices de nuestro primer beso? Ese día volví a nacer. No sé si yo te besé o tú me besaste, pero pude sentir cómo me elevaba de la tierra; mis piernas temblaron, mi corazón se detuvo por un segundo y mi mente se apagó cuando mis labios conocieron los tuyos, y cuando los tuyos osaron posarse en unos tan indignos de tus emociones tan elevadas, tan puras, tan inocentes... ¿Quién era yo, sino quien valoraba tu amor por encima de mi vida? Cuando me dijiste esas bellas palabras, me quede en blanco: "te amo". Mis ojos lloraron por primera vez de gozo. Ese día pude haber muerto y mi vida habría tenido sentido. Tardé un poco en reaccionar, pero te dije que yo también te amaba. Tu mirada me confundió entonces. No sabía si tenías miedo o si estabas sorprendida pues nadie nunca te había dicho lo mismo. Quizá las dos, o quizás algo más rondaba tu mente. Ahora nada de eso importa.

Y luego, ese día. ¿Por qué? ¡Es que no tiene sentido! ¿En qué rayos pensaba Dios cuando permitió esto? ¿Qué tu padre te golpeara tanto que acabaras en el quirófano con no sé yo cuántos coágulos de sangre en tu cabeza? ¿Tan fuerte te presionó contra el piso? ¿A dónde le apuntó ese maldito desgraciado que logró sacarme de tu cabeza? Los doctores le llaman "amnesia anterógrada". Dicen que no puedes recordar lo que va sucediendo desde que despertaste del coma. No pueden explicarme cómo sigues sin recordarme, pero comienzas a gritar cuando te muestran una foto de tu padre. Lo que hace que me pregunte: si eso causa la imagen de tu padre, ¿por qué la mía no te hace sonreír, o te tranquiliza? ¿Tan poco significqué en tu vida o tan poco me amaste? Lo siento, es mi enojo quien habla. Pero, no entiendo. ¿Vale más lo malo que lo bueno? ¿Es tan débil una sonrisa para la naturaleza que perduran más los gritos del recuerdo de tu padre, que las risas que tuvimos juntos? No lo soporto. No puedo verte a los ojos sin percibir tu mirada vacía, y sin emociones. Esos ojos que un día me buscaban y los veía esperanzarse con mi presencia, me ven ahora inertes y muertos.

Y aquí estoy, leyéndote esta carta de nuevo, con la esperanza de rescatar mi recuerdo de las tinieblas de tu mente, golpeada tantas veces por traumas e insultos. Esa es la razón de mi vida, lo que hace que me despierte todos los días, ya no la esperanza de verte, sino de que vuelvas a reconocerme. No me importa venir todos los días a esta casa. No me importa no comer más que una vez al día, y ciertamente no me importaría morir un día de estos, con tu recuerdo en mi mente. Pues si tú no recuerdas quien eres, entonces yo moriré por los dos. Lo que fuiste vive en mí, lo que pudimos ser me atormenta, y lo que soy me lastima y me arde la herida de tu olvido.

Un día fuiste alegre, un día disfrutamos juntos de nuestra compañía, y un día soñamos con ser felices. Las alegrías nos fueron de provecho, pero no valían la vida que nos cobraba. Si un día te ves leyendo esto tú sola, significa que quien te dio algunas alegrías en tu vida, ya no vive, y entonces, podrás decir con toda seguridad que tú también has muerto. Hazlo. Por mí, por ti, por los dos.

Por siempre tuyo,

Aquel que te amó desde que te vio, y luego, murió contigo.

Un día en el colegio

Él odiaba asistir al colegio. Ya se había acostumbrado a levantarse muy temprano, quizás a las cinco de la mañana, pues su bus lo recogía a las 5:15 am. Subía, tomaba su asiento y se acostaba de tal forma que no quedara espacio, prendía su dispositivo para escuchar algo de música y a riesgo de levantarse con las orejas adoloridas, intentaba dormirse todo el camino hacia el destino con la esperanza de que no fuese despertado, pues a la monitora le encantaba posicionar compañeros a su lado cuando estaba despierto. Sin embargo, al estar dormido, intentaba no molestarlo.

Llegaba a eso de las 7:00 horas. Bajaba e iba a la cafetería para pasar el rato. Sus compañeros de clase formaban grupos rápidamente, pero en ninguno podía verse aceptado. No comprendía muy bien por qué, pero lo sabía. En su clase figuraban varios clanes, distintos subgrupos en su sección. Entre los muchachos estaban los deportistas, y los informáticos; entre las compañeras se encontraban dos grupos más, aunque sus cualidades eran mixtas, y realmente no comprendía que era lo que unía a cada una con las otras. Había un último grupo, mixto, el cual él denominó los "sin grupo", eran los rezagados, los raros, esos quienes no pertenecían a ninguno de los anteriores. Ese fue su clan toda la primaria y secundaria.

La dinámica con todos sus compañeros era algo complicada y un tanto difícil de explicar, sin embargo, haré un intento: vivía en un ciclo vicioso en donde molestaba a sus compañeros porque ellos lo molestaban a él, pero la versión de sus compañeros era que lo molestaban o lo despreciaban, pues él también los irritaba demasiado. Por parte de las maestras, era algo curioso, pues no era nada inusual la reacción que tomaba frente a esta situación. A ellas también les molestaba el muchacho, pues él lanzaba comentarios sagaces e inadecuados. "Si 20 personas dicen una cosa, y una opina otra, ¿a quién apoyar?" Bueno, así fue como él lo razonaba. Así lo vivió. Para él, ir al colegio significaba ir al campo de batalla, sólo, donde todos eran sus potenciales enemigos. Faltaba por ver cómo harían de las suyas ese día.

Empezadas las clases, luchaba por no necesitar de nadie. Mientras menos dependiera de sus compañeros, serían menos desprecios los que recibiría. Pero, algo le incomodaba por dentro, ese desprecio le era sumamente molesto, pues según él carecía de bases. "Que me desprecien, ok, pero ¿por qué? ¿Les he hecho algo particular, o solo soy su chivo expiatorio? ¿Cuándo comenzó todo esto? Bueno, si no me quieren de amigo verán como soy de enemigo". Cualquiera que quiera atreverse a juzgarlo debe recordar que tan solo es un niño. Demasiado orgulloso para contarle sus problemas a alguien. Si él tenía un problema, él lo solucionaría. ¿Qué niño no es así? Bueno, este lo era.

Llega el receso y no podría sentirse más solo. El desánimo de salir a experimentar el rechazo, la falta de atención o incluso una pequeña llamada. Nadie lo esperaba para jugar, nadie se preocupaba por lo que traía en su lonchera, y definitivamente nadie esperaba platicar con él. En cambio, aunque sabía su condición e intentaba hacerse a la idea de no "necesitar" semejantes atenciones, sufría por apercibirse ajeno a todo ello. Sí, muy dentro de él siempre lo quiso, aunque nunca lo tuvo. Algunas veces parecía saberse querido, o incluso aceptado, pero nada duraba. Sin saberlo, llegó a la misma conclusión que Nietzsche: odiaba a quienes le robaban su soledad sin, a cambio, ofrecerle compañía de verdad. Todos jugaban, todos compartían, y entre todos, con nadie se hallaba. Algunos días iba a pasear por todo el colegio, otros, se quedaba sentado, viendo y aprendiendo desde lejos cómo era tener compañeros.

De nuevo en clase. No podía haber peor sentimiento que el que le generaban las palabras "trabajo grupal". Es curioso cómo la tristeza no tarda en venir y al llegar, ronda por buen tiempo, pero las alegrías le eran tan raras que al presenciar una, intentaba recordarla por un buen tiempo. No era escogido, era "el que le tocaba a algún grupo". No era el más brillante, pero tampoco era la nota más baja. Quizás si fuese más aplicado... quizás si le gustasen más los deportes... quizás...

Habían breves momentos donde parecía ser reconocido por algo, aunque eso le trajese más problemas: causar risa. Sus comentarios podían ser irreverentes o acertados, molestos o graciosos, pero nunca quedaba bien con ambas partes. Si agradaba a los alumnos, desagradaba a las maestras, o viceversa. Tomaba ese riesgo y sufría las consecuencias. Lo que sea por un breve momento de aceptación. Años después logró darse cuenta de esto, algo tarde por cierto.

Tocaba el último timbre. La última clase acababa. Todos tomaban sus cosas, y se encaminaban fuera del salón. Un alumno siempre quedaba al último. Al no haber nadie en el aula, volteaba hacia ambos lados, veía una clase vacía, escritorios vacíos y un silencio solitario. Algunas veces soltaba una lágrima, otras una pequeña risa. Arreglaba sus cosas, tomaba su mochila, y tan solo antes de dejar el aula y cerrarla por fuera, lanzaba un hondo suspiro, el más profundo del día. De camino al bus, cabizbajo, bajo el peso de sus cuadernos y del sol de la tarde, tan solo se repetía una sola pregunta: "¿Hasta cuándo, Dios, hasta cuándo?".

Aporía

Era casi media noche y el joven K empezaba a tener sueño. Se había acostado hacía un par de horas, pero esto era solo un preámbulo al ocio que había llegado a necesitar, todo para poder aburrirse por sí mismo y llegar a sentir el cansancio que necesitaba; era un arrebatado ritual que finalizaba en dejar el teléfono a un lado y cerrar los ojos con la esperanza de descansar.

"¿Descansar de qué?", se preguntaba algunas veces. Para un joven al final de sus veintes le parecía algo inusual hacerse esa pregunta. Sin embargo, muy en el fondo comprendía que pensaba en cosas que para muchos no merecían ni un par de segundos de su tiempo (como si los otros fuesen a usarlos provechosamente).

Hacía un par de años que había empezado a vivir solo. La independencia del muchacho era de suma importancia para su bienestar. A pesar de adolecer por la picadura del perverso aguijón humano que produce una leve molestia, la cual solo sanaba con compartir con algunas amistades y pasar un rato acompañado, la soledad de su hogar cimentaba la paz que experimentaba cada día al llegar del trabajo. Su cuarto era su propio universo pacífico, de paredes blancas y cortinas oscuras, donde se encontraba un pequeño escritorio y dos libreras llenas, libros leídos y por leer. Un par de plantas morían lentamente frente a su ventana, las cuales acompañaban a su ánimo, caído la mayoría de las veces.

Aquel joven había intentado ser lo que la sociedad en donde creció solía llamar "un buen cristiano", esto por varios años. Un par de meses atrás ya no se encontraba tan seguro de su fe, ni de su compromiso con su credo. ¿Qué sucedía? El orgullo, la falta de humildad y una intolerancia al fracaso constante habían debilitado lo que en su momento fue un joven con esperanza, fe y mucho amor por un ideal, por un objetivo, por un Dios. Comprendía que si bien en algunas cosas conviene tomarse el tiempo para repensarlas, en otras convenía solamente vivir sin preguntar nada, ¿no era eso "tener fe"?

Gustaba de las obras clásicas, se preocupaba por disfrutar conociendo, reflexionaba sobre las pequeñas cosas que experimentaba e intentaba desesperadamente vivir de manera virtuosa, pero despreocupada. Era un joven intelectual y apartado. Intentaba experimentar y disfrutar, pero era saboteado por su conocimiento y el mal hábito de racionalizar su entorno.

Tres meses habían pasado desde la última oración formal que tuvo frente a su Dios sacramentado en una capilla antiguamente frecuentada. Poco duró la lucha, la fe se tambaleó fuertemente y la esperanza quedo relegada a ser un adorno en su ser. Decidió no luchar con aquello que constantemente ganaba, aquello que llaman "pecar". Esto le desgastaba su orgullo, percudido de tanto lavarse en el confesionario. Bajó sus armas y se dispuso únicamente a "no hacerlo demasiadas veces", tan solo "no luchaba, pero cuidaba en no sobrepasarse" – como si uno aprendiera a diferenciar con el tiempo cuándo uno "peca demasiado y no más bien poco"–. Su ingenuo pensar y su falta de experiencia en la vida podía justificarlo, aunque de nada le podría servir.

Allí se encontraba, a punto de extender las sábanas y disponerse a dormir, cuando algo fugaz, un arrebato de orgullo, un as de valentía, una falta de vergüenza se adueñaron de su voluntad, en un instante se encontraba con la idea de pronunciar una oración. ¿Era acaso la mísera Gracia que, agonizando en un joven templado y dispuesto a rendirse, pronunciaba sus últimos estertores? Después de todo ¿podía hacerlo, no? No necesitó ni cinco segundos para concluir que era ilógico e improbable que su oración no fuera a ser escuchada por alguien, sea Dios, sea aquella a quien la llamaba "su madre celestial" o incluso un ángel desprevenido, curioso y con ánimos de transmitir algún mensaje al altísimo. Algún espíritu recibiría sus palabras, sus pensamientos ingenuos y sin malas intenciones, puros e inocentes, siendo esto último debatible la mayor parte del tiempo. Empezó a orar, como si un alumno le hablase a un profesor. Con confianza, pero no la suficiente, sabiéndose completamente inferior a quien se dirigía.

–Señor, Padre celestial... –comenzó, callando con vergüenza–, no sé si puedes escuchar o atender a mi oración. Sé que me encuentro manchado, inmundo de lo humano, lodo terrenal, un paria en tu presencia por haber disfrutado más de la cuenta, suficiente para que mis palabras no logren llegar directamente a tu conocimiento. Pero tú eres Dios, tú lo sabes todo y lo escuchas todo, así que quiero creer que, aunque no me escuchas, me oyes.

»Gracias, por estar aquí, por haberme regalado otro amanecer, porque aunque no me encuentre en gracia, aun así me das la oportunidad de disculparme, de arrepentirme; y yo, que lo tomo por cierto y dado, lo sigo posponiendo, desconozco qué es lo que espero. Sé que me sigues dando todas estas oportunidades, pero no me siento listo para pedirte que me disculpes por todo. Mis deseos aún son opuestos a tu querer, y no serviría de nada tu perdón, si pecare tarde o temprano al rato. Mi alma no ha alcanzado el ascetismo necesario para valorar y cuidar tu perdón. Me das tanto, me bendices tanto y me asusta pensar en el momento en el que ya no cuente con ello. Luego, tampoco me gustaría reconciliarme contigo así, tan solo porque me veo en algún problema o dificultad. Sería demasiado hipócrita, quizás más de lo que soy naturalmente. Aunque no sería la primera vez. Algunas veces pienso que tú ya esperas que acudamos a ti todos quienes nos hallamos en problemas. Quizás esa sea la virtud del sufrimiento, que nos acerca más a ti; quizás tú ya sabes y lo permites justamente para eso. Quisiera pedirte perdón, pero presiento que no sería honesto, pues aunque sepa que no haya obrado bien, que es incorrecto todo lo que he hecho, llegaría a confesarme y mi carne me conduciría de nuevo al pecado.

»Tengo miedo, Padre. ¿Acaso nunca me arrepentiré sinceramente? ¿Qué es lo que debe suceder? ¿Acaso una calamidad, una tragedia, una desgracia? ¿Solo así aprende el ser humano... solo así llegaré a aprender? Si la recompensa es lo que predico en mi credo y en mi fe, no podría sufrir demasiado aquí en la tierra como para no soportarlo en pos de ese encuentro contigo en los mejores términos. Sin embargo, no deseo que suceda, no deseo tanto mal para obtener tanto bien, debe haber otro modo. Tengo la dicha de saber que mis pecados principalmente me afectan a mí, no daño a nadie y eso es un punto a favor. ¿Pero qué digo? ¡No me dejan mis demonios ni siquiera cuando estoy rezando! ¿Conmiserándome, conformándome, ablandando mis pecados graves? Qué vergüenza. Por más que deje mi orgullo lo más lejos posible, no logro verme como una pésima persona. Seré un pecador, pero será solo contra mí, no planeo arrastrar a nadie conmigo. ¿Mejorará la opinión que tienes de mí? ¿Si merezco castigo, acaso se tomará eso en cuenta? Mucho se critica la idea de un Dios que castiga, siendo él quien da las herramientas para obrar y para destruir, sin embargo yo decido creer que es justo como la tercera ley: a cada acción hay una reacción proporcional. Mientras uno lo ve como castigo, tú únicamente eres justo e impartes tal justicia. Si he hecho mal, no puedo esperar más que justas consecuencias.

»Pero, me topo con un último dilema. Una última consideración. No sé si sea realmente importante. Lo es para mí, por ahora. ¿Qué debo preferir? ¿Qué gana: lo correcto o lo conveniente? ¿Cambiaré la integridad de mi fe y mi ciega seguridad por responder otra duda, alimentar mi certeza y arrebatarle lo especial a la ignorancia natural de todo cristiano, quien –al contrario de uno que no puede evitar pensar más de la cuenta– aprovecha a fortalecer su fe actuando con base en ello? Padre, tú me diste este entendimiento, tú propiciaste y me bendijiste con esta disposición al cuestionamiento, quizás un poco más de lo conveniente ahora que lo pienso, pero tan solo eso. Mi orgullo, mi soberbia y mi rebeldía son hijos de mi carne, las cuales morirán con ella a su tiempo.

»Mi gran dilema va por ese rumbo. ¿Cómo puedo estar seguro de saber que hago lo correcto cuando mucho de lo que conozco por 'falta' no es estrictamente certero? ¿Acaso se habrán olvidado los apóstoles de escribir algo más? ¿Acaso los Padres de la Iglesia fueron afectados por su cultura, su entorno social y sus propios juicios? ¿San Pablo y San Agustín fueron humanos, no? Tres años bastaron para reescribir las reglas de nuestra fe y enseñarnos a adorarte, pero quienes nos comunicaron tus enseñanzas y vivencias consideraron innecesario decirnos todo. Luego de tu partida, alguien debía llenar esos espacios vacíos, esas incertidumbres dieron vía libre a tantos caminos que ahora conocemos como antiguas herejías. ¿Quién que no estuviese preocupado por el camino más certero no hubiese intentado comunicar lo que consideró, en su momento, una epifanía en pos de una mejor vida para adorarte? Yo no soy tan imprudente –o quizás me falta mucho amor y fe– en tomar por infalible y certero mi credo, producto de tantas reformas, tantos cambios en su momento convenientes, expuesto al error de seres humanos quienes sí afirmaron ciegamente que su opinión era la correcta y las demás eran falsas con la excusa de un amor puro hacia ti. Y aunque te amo, Erasmo, Castellio, Spinoza, Servet y tantos otros me recuerdan que hay un sinfín de formas de interpretar las escrituras y, no por ser ajenas a la Iglesia, nos damos cuenta que son menos virtuosas, menos valiosas, ¿pero sí son falsas? ¿Quién es uno para negar la inspiración divina con la que bañaste a los padres de tu iglesia, con la que colmaste a los apóstoles que escribieron de ti, a los santos sucesores de Pedro, y a tantos otros doctores en la fe, que nos dio el derecho de negar que inspiraste también a otros hijos tuyos, aunque ajenos a una institución que proclama a capa y espada ser tu única casa? ¿Obro mal en preguntármelo, o solo si alimento esta duda? Padre, yo... yo no...

Las lágrimas brotaban de sus ojos, era incontrolable su sollozo. Sus pensamientos no podían más que chocar unos contra otros intentando todos salir de primero. Un hondo sufrimiento se apoderó de su interior. Sintió una opresión en el pecho, justo en su corazón. Tan solo quería saber la verdad. Tan solo quería estar seguro de seguir el camino que Dios quería que siguiera. Y, ahora, se veía como un huérfano, dejado solo a la suerte de adonde le llevasen sus dudas. ¿Había ofendido a Dios? ¿Conocía todo por lo cual debía suplicar perdón? Así como Boecio, él suplicaba por un consuelo de la filosofía, un consuelo cristiano. Luego de unos minutos de desahogo, retomó su oración lo mejor que pudo. Recordó una jaculatoria, dicha por San Pedro, una que le agradaba mucho, y le pareció una manera humilde de seguir.

—Padre, tú lo sabes todo, tú sabes que te amo. Tú sabes mis intenciones, conoces mi corazón y mis anhelos. Tan solo busco cómo amarte bien. No necesito aclararte que todo esto te lo digo como un niño asustado, que no quiere alejarse de ti, que no quiere decepcionarte. ¿Acaso la biblia, las encíclicas, los tratados y tantos otros escritos de tu iglesia —hasta el día de hoy— son tu última palabra? ¿Acaso tu palabra cambia con el tiempo, o es la misma ahora que hace dos milenios? Tan solo hace 500 años la iglesia ya había sufrido tantos cambios, y sufriría una división importante, a modo de protesta. ¿Es que acaso aún no hemos encontrado a la iglesia verdadera? ¿Cuántos dogmas faltan por establecer? ¿Se reformará aún más tu iglesia? ¿Es esa tu voluntad? ¿Entiendes mi angustia? Al ponerme a reflexionar sobre todo lo que he pensado, mi mente limitada llega a la conclusión que uno de estos dos escenarios son los posibles: o bien me diste este discernimiento, esa comprensión, esta búsqueda de la verdad, esta rebeldía en el corazón, esta insatisfacción, esta necesidad e inclinación al cuestionamiento como aquello que debo esforzarme por negar en mí y seguirte de manera ciega con la respuesta que me fue enseñada, en el tiempo en que nací, crecí y con la que te conocí y con la que, a lo largo de dos mil años se ha ido actualizando, cambiando, ¿mejorando? O bien me lo diste para que no me conforme con el camino fácil, el más aceptado, el más reformado, y que me esfuerce, que busque a pesar de ser tratado por infiel, falto de amor, soberbio y orgulloso, encontrar tanto o más como tú me has dado. Sé que al que mucho le diste, tanto así procuras recibir de él. No deseo esconder mi denario, mi entendimiento, pero tampoco por valorarlo olvidaré quién me lo dio y a quien debo retornarlo.

»¿A quién creerle? Yo creo en ti, pero hay tantas formas de seguirte. ¿Quién soy yo para decidir cuál es la manera correcta e ideal de amarte, alabarte y adorarte? Todos tenemos ese deber, todos quienes nos llamamos cristianos, seguidores tuyos. Al final, no puedo evitar pensar y concluir que tu estas al tanto de todo este desorden. Si existe, de alguna forma, es porque tú así lo permitiste. Nada en la tierra o en otro lado sucede si no es tu voluntad. No deseo ni planeo comprender todas las interrogantes que esto plantea. A lo que voy es que tan solo me queda consolarme en tu infinita misericordia, sabiéndonos hijos fácilmente corrompibles y frágiles, quienes siguen la manera enseñada por sus padres, por su sociedad, por su cultura y demás factores, para adorarte. No deseo creer que amas más a un obispo adorando tu cuerpo sacramentado, que a un hijo tuyo nacido en alguna montaña perdida en el centro de Asia, que quizás nunca te conocerá de la misma forma que te conocemos todos los occidentales. Entonces, por último, decido creer que hubo un motivo por el cual decidiste que naciera aquí, de este lado del océano, en este país, aquel año, en esta familia, y permitiste que experimentara todas aquellas vivencias que me moldearon y me trajeron a este lugar. Te amaré como mi corazón me dicte, sabiendo que nada es cierto, pero que tú, Padre celestial, comprendes que frente a tantas puertas, lo importante no es nombrar al camino elegido, sino demostrarte que te he elegido. Tantos caminos llegan a ti, tantos hermanos en cada uno, todos buscando el mismo fin.

»Pero tengo dos formas de demostrártelo, y aquí mi conflicto nunca termina. Puedo hacer y no hacer. Puedo orar y amar, pero también puedo evitar hacer el mal. Si una es más fácil que otra es solo porque aquella está mejor establecida. ¿Qué no debo hacer? Dentro de lo que nos diferencia de otras religiones que proclaman amarte: ¿qué es cierto y qué no? No encontraré mi respuesta en esta vida. No me compete saberlo. Según parece a nadie en este tiempo desde la partida de tu hijo; y si alguien alguna vez lo conoció, nadie lo sabe con certeza. ¿Qué me queda? ¿Qué opciones me has dado? No soy un místico ni un profeta. Mi solución es la de muchos, aunque fundamentada por pocos. Atenerme a un credo, respetarlo y no ser tibio. Ser humilde y acoplarme a sus reglas. Mis dudas tú ya las conoces. Me acompañarán hasta el día en que me dirija a tu presencia. Como ser humano, me conforta saber que rogué por una respuesta, porque me enseñaras el verdadero camino, por seguridad en mis pasos, por preocuparme por tu voluntad y no por la mía, por más que duela, tanto en la carne como en el orgullo. Quizás en unos siglos lo que hoy es pecado, ya no será; y lo que creemos que nos aleja de ti, a lo mejor no nos acerque, pero ya no nos apartará de tu gracia. De cualquier forma, soy hijo de mi tiempo, y seré juzgado con él. No debo alimentar la incertidumbre, pues nunca me movería. Deberé acoplar mi voluntad, antes que mi credo.

»Y termino esta oración irreverente. Sé que pido más de lo que puedo recibir, pero he pedido, he creído, y finalmente ¡albricias, seré oído! Eso decido creer.

»Madre mía, compárteme tu humildad. Ángel de la guarda, por favor, comunícalo a los cielos, que ellos sí te escuchan. Espíritu Santo, si a alguien puedo pedirle fortalecer mis virtudes, es a ti; tu infinito amor me consuela.

»En el nombre de Jesús, amén.

La pequeña angustia

Eran las dos de la tarde y el joven B. regresaba del colegio, justo cuando el sol se encontraba en su punto más fuerte. El calor pesaba en sus hombros, su uniforme oscuro no ayudaba en absoluto y había olvidado su gorra en la banca del patio, justo a la hora del recreo. Sin embargo, el calor no era suficiente para aminorar su voluntad. Si podía soportar dos horas enteras jugando pelota con sus compañeros, sin camisa y sin una sola gota de agua, ciertamente podía regresar a su casa aunque el clima no estuviese a su favor.

Estaba por terminar el segundo semestre de su tercer año de estudios básicos y no podía sentirse más aliviado. Aquel estudiante no era uno particularmente brillante, más bien era uno promedio, pero su imaginación era de las más envidiables de la clase, aunque sus profesores opinaran distinto. Se esforzaba lo suficiente para no perder alguna clase. A pesar de esto, B. ponía un especial énfasis en la clase de física fundamental, no solo porque era el primer año que la llevaba, sino también porque le divertían los problemas que el profesor explicaba en la clase. Le sorprendía cómo una situación tan graciosa podía tener tantas variables a tomar en cuenta, todo para conocer sus consecuencias.

—Si un pequeño ratón es golpeado por la escoba de una histérica señora, con una fuerza inicial de 50 newtons, y termina a una distancia de tres metros —se ponía a pensar—, ¿cuánto trabajo habría realizado esta señora? ¿Y si el ratón fuese su hijo? ¿Y si el hijo fuese yo y la señora mi madre? Nunca la he visto tan asustada o enojada. ¿Sería ella capaz de...?

Una vez iniciaba, su mente imaginaba mil y un escenarios posibles. Era casi imposible que algo le detuviese aquella tormenta de ideas. Pronto descubriría que aquello de pensar demasiado le cobraría una factura que nunca se hubiese esperado.

Tan absorto se encontraba B. en su problema de física, y en las dudas del carácter de su madre, cuando sin siquiera darse cuenta empezaba a cruzar una calle que marcaba un semáforo en rojo. Bastó con bajar la acera para caer de espaldas inmediatamente. Una motocicleta pasó tan cerca de él que inconscientemente su cuerpo se lanzó hacia atrás, experimentando una mezcla de sorpresa y miedo.

El pobre muchacho quedó sentado en el piso por un breve momento. Un sentimiento parecido al miedo empezó a adueñarse de él lentamente; su corazón pasó de ser imperceptible a poder sentirlo incluso en la punta de sus dedos. Sus ojos se pusieron llorosos y un escalofrío le pasó por toda la espalda hasta llegar a la punta de su cabeza.

B. se limpió los ojos y no dijo una sola palabra, ni siquiera gritó. Tardó un poco en darse cuenta de la situación mientras intentaba levantarse del suelo. Habiendo comprendido lo que pasó, aún quiso fingir que estaba desconcertado. ¿Quizás un sano mecanismo de defensa? De cualquier forma, nunca llegó a comprender lo que su consternada imaginación llegaría a formular luego de tan impactante suceso.

¡Por poco! –se dijo hacia sus adentros, pues no le fue posible hablar–. Pero... yo...

Su respiración poco a poco se reponía y su corazón empezaba a calmarse. Comenzó a experimentar un fuerte dolor de cabeza, sus músculos seguían tensos y no pudo más que retroceder hacia la pared de la esquina, la cual fue su refugio improvisado del peligro que representaba estar cerca de la calle. Sus brazos estirados hacia atrás, sus palmas tocaban la pared como intentando estabilizar todo lo que le rodeaba.

–Bueno, bueno, ya pasó. Ya. Tengo que seguir –balbuceaba–. Nomás se ponga en verde, camino, y se acabó.

Miraba pasar los carros, alguno que otro bus, y sentía que ese semáforo era eterno. Pronto su imaginación le empezó a pasar una mala jugada. De improvisto se percató que, aunque aún tenía miedo, bien podía caminar de nuevo, no importando el color del semáforo. ¿Era posible? No era lógico, pero, sí que era una posibilidad. Quizá por primera vez sintió miedo de sí mismo. ¿No era él capaz de dar un paso al frente y atenerse a las consecuencias?

–¿Qué sucede si sigo caminando? Podría ser atropellado, o bien podría cruzar a la otra calle. Pero, también podría cerrar los ojos y lanzarme... –se decía en un intento de comprender sus propios disparates–, pero, no entiendo; puedo hacerme daño, quiera o no. Tengo que elegir. ¿Tengo que hacerlo? ¿Yo?

Recordó cuando era pequeño, y siempre iba agarrado de la mano de su madre, sin excepción. Le pareció que no fue hace mucho, pero lo que más apreció fue el sentimiento de ciega confianza y seguridad que le generaba no tener que pensar en nada, no participar en la decisión de ir o venir, de caminar o quedarse quieto. Nada tenía de qué preocuparse, pues su cuerpo no era suyo, sino de su madre. Extrañó aquella ignorancia de voluntad y comprendió la paz de quien es guiado por algo o alguien. Se preguntó entonces si de adulto él también tendría que decidir sobre cuestiones aún más difíciles.

—Veo que se acerca otro carro, pero, no me asusta lo rápido que va, ni lo cerca que pase de mí. Podría esperar a que pase y avanzar unos cuantos pasos... ¡Dios! ¿Pero, qué estoy pensando? ¡No quiero morir! ¿O sí? ¿Es otra elección que debo hacer? ¿No puede decidir eso alguien más?

Aunque tardó un poco, comprendió por fin que era él de quien tenía miedo. La infinidad de posibilidades que tenía a su disposición le generaban una angustia que lo mantenían paralizado. Si avanzaba, podría suceder una calamidad. Si no avanzaba, su madre le regañaría. Se hacía tarde y el semáforo ya había cambiado de color más de cuatro veces.

Una pequeña multitud de personas salió de un edificio en la misma calle donde se encontraba y percibió que se aglomeraron junto a él. Parecía que iban en dirección a la siguiente cuadra en donde seguía el camino hacia su casa. La gente ignoraba al pobre y angustiado muchacho, quien en un intento desesperado de calmarse recordó que, si él era un niño indeciso, ellos eran ya adultos, mayores, figuras a las cuales seguir. ¿No era aquello lo que él deseaba? ¿Acaso una emancipación de su voluntad era la solución? No tener que decidir si pasar la calle o quedarse quieto le provocó una tranquilidad indescriptible. ¿Dejaría que ellos eligieran su camino? ¿Era esa su decisión? Tenía que moverse de alguna forma y el tiempo corría. Su madre era paciente, pero había un límite, y él lo sabía.

Abrumado, recordó sus clases de catecismo y, sin pensarlo mucho, farfulló una oración, copiando a un antiguo señor del que le había hablado su maestra hace unos días: −¡Señor, hazme libre, pero no todavía!

El semáforo cambió a verde y la multitud caminó siguiendo la dirección de la misma calle. Un pequeño bulto de inseguridad, miedo y angustia podía divisarse entre aquella gente, despreocupada de los problemas de sus vecinos. Una sola lágrima se derramó en aquella calle. Impotente y confundido, B. no sabía ni comprendía sus propias ideas. Por poco y toma la mano de una señora que pasaba al lado suyo, pero la guardó rápidamente en su bolsillo.

No quería decidir. No quería volver a tomar una decisión en su vida. No sabía de lo que era capaz. Sin embargo, aún faltaban cinco cuadras más para llegar a su casa, y dos semáforos aguardaban otro conflicto de aquel muchacho, angustiado por tantas posibilidades.

RELATOS TEMPRANOS

La discusión

Habiendo regresado de la universidad un viernes por la tarde, un viejo profesor de literatura, agotado y sin mayor aliciente, se dirigía de nuevo al sofá de su sala, costumbre arraigada desde hacía ya varios años. Actuaba como programado por un código aprendido en sus años maduros, signo de experiencia o muestra de su terco convencimiento de hacer lo que le propiciaba mayor paz y tranquilidad. Se quitaba los zapatos, escogía un Impromptu de Schubert y tomaba algunos libros de los cientos que tenía aún sin leer; tomaba una taza de café y se disponía a pasar la tarde entera frente a la ventana de su sala.

Un enorme jardín se encontraba detrás de su casa, el cual había cuidado con tanto esmero hacía casi veinte años. Pinos, arbustos y un gran sauce decoraban aquel jardín que un día lo viese a la luz del sol, podando, regando, sonriendo. Por otro lado, el pórtico contaba con dos columnas al estilo griego, un pequeño sendero custodiado por una serie de pequeños pinabetes con su respectiva maceta, ennegrecida por el tiempo, propiciando una imagen algo lúgubre e imponente, la cual combinaba con el semblante del dueño.

–¿Qué vas a leer? –escuchó instantáneamente–. Todavía hay pendientes algunos cuentos y dos o tres biografías; no recuerdo la última vez que nos pusimos al día con Zweig. Sin embargo, tengo el presentimiento de que, si no terminamos la autobiografía de Goethe, seguiremos sin una preciosa y estética presea en nuestros haberes. ¡Tantos libros y tan poca vida!

Esta última expresión calaba en lo más hondo de su voluntad, ya apolillada por una vida de fracasos y frustraciones, de las cuales mucho había aprendido. Aquel viejo profesor solía escoger su lectura con base en su estado de ánimo, pues había comprendido hace mucho que no leería todo lo que quisiese, ni recordaría la mitad de aquello. Resignado y sereno escogió leer un viejo texto obtenido en sus años mozos, el cual le traía viejas memorias de una época donde el tiempo apremiaba, el aprendizaje era cosa fresca y cada decisión rebozaba de fertilidad y gallardía. Aquel texto era *De libero arbitrio* de Erasmo de Rotterdam.

—Concepto interesante el del libre albedrío... —se dijo a sí mismo—. ¿Acaso podría yo decidir genuinamente, sin ser influido ni condicionado, por todo cuanto define mi ser? Sartre me dice que soy lo que decido hacer con lo que han hecho de mí, y de esto no puedo escapar. Condenado a ser responsable desde que tengo criterio suficiente para forjar mi juicio, definir mis gustos y fundamentar mis acciones. ¿Hace cuánto ya de eso? Diariamente experimento una angustia existencialista, vieja amiga, pero me niego a concluir que todo esto es absurdo, como decía aquel otro francés...

A su larga edad aun osaba hacerse semejantes preguntas. Su orgullo no le permitía hacerlo con la demás gente, a no ser que fuese de suma confianza, lo cual no sucedía muy a menudo, pues tenía altos estándares sociales. Sin embargo, para sus adentros, aquel viejo profesor solía jugar ambos roles:

maestro y pupilo, terapeuta y paciente. La soledad no solo causa estragos, también ayuda a los atrevidos y necesitados. Fiel e inseparable, conviene más aprovecharla que detestarla.

—¡Olvidas que puedes hacer lo que quieras, pero no querer lo que quieras! —escuchó sobresaltado en el ático de su ser—. Hace años habíamos concluido que el libre albedrío no se limita a las acciones, sino también depende del mundo de las pasiones. ¿Te consideras alguien libre? Tú bien sabes que todos somos esclavos de algo, ya sea de un ideal, ya sea de una necia opinión que dista de ser inconveniente a tus objetivos.

Hace ratos que el café había desaparecido. La cafetera esperaba en la cocina y había empezado a lloviznar; aquellos vientos que soplaban en los pinos alrededor de la casa eran propios de diciembre. La habitación principal estaba ocupada por tres sillones, una mecedora y un equipo de sonido envidiable. Era el hogar de su vasta biblioteca donde reinaba un olor a sabiduría impresa, mezclado con aromas de tono achocolatado provenientes de los cafetales de Cobán.

Había mucho espacio en la casa, pues originalmente había sido planeada para dos personas. Hacía un tiempo que el único que se paseaba en aquella cápsula anacrónica era el viejo académico. Los soliloquios eran habituales desde que tenía uso de razón, y con la experiencia de la soledad a lo largo de su adolescencia pudo perfeccionar esta técnica de monologar a dos voces. Una dialéctica personal fundamentada en principios socráticos. Con un nuevo café en mano, continuó resolviendo aquel pequeño debate que él mismo había creado, recordando aquellos años cuando no precisaba ser también el interlocutor.

—Si puedo comprender aquello de lo que carezco de control, y su razón, puedo entonces despreocuparme de aquello que, aunque desee, no podré controlar; además, también soy responsable de todo cuanto surja en mí –se dijo–. ¿No fue Spinoza quien recomendaba racionalizar aquello que deseaba hacer más asequible y menos molesto? A lo mejor no puedo evitar sentir o pensar, pero sí que puedo dejar que aquello muera de hambre.

Pasados unos segundos pudo sentir como una pequeña sonrisa se adueñaba de sus labios. Al acercarse la taza caliente no hizo más que llevarla a su frente, calentando así su cabellera, y de paso, sus ideas.

—Hablarlo es fácil, hacerlo es difícil, lograrlo... –escuchó de manera mordaz y atrevida–.

El viejo profesor recordó que su libre albedrío comenzaba con la autopercepción de su voluntad y la noción de sus posibilidades, y terminaba allí donde cesaba su control consciente. –¿Cómo podría ser responsable de lo que no controlaba? –se preguntaba–. Mi elección nunca es libre, pues ninguna lo es. Cada una sigue rigurosas justificaciones abstractas, algunas identificables, otras perdidas en el abismo de la vida. A pesar de todo esto, mi sola percepción de libertad debería ser suficiente para saberme sin cadenas ni ataduras que detengan a mi voluntad. ¿No es así?

La noche se volvía más fría, las ventanas empezaban a luchar con el viento invernal y el ambiente amenazaba tornarse hostil. Como si alguien se apiadase de la intensa labilidad que agobiaba al pobre septuagenario, empezaba a sonar la Passagaglia de Biber. Una paz logró arrullarlo en el momento adecuado, cerca ya de la media noche. Por los siguientes nueve minutos pudo experimentar una delicadeza estática que impregnaba sus ideas, convirtiéndolas en brisa, moviéndolas al compás de la marea mental que representaba cada uno de sus pensamientos. Decidió callar y dejarse llevar por esa armonía barroca. Logró rememorar su antigua compañía, sus pasiones dejadas hace tiempo y la época cuando su credo le ofrecía una plenitud envidiable, por lo que se había mostrado decidido a luchar por él. ¿Lo había conseguido?

Empezaba a cabecear y por un breve momento, sin siquiera pensarlo, se encontraba dispuesto a olvidarlo todo, a ceder cuanto antes en nombre de la paz, a rendirse... Pero empezaba a escuchar a Rachmaninoff, y una Sonata en Si menor auguraba un conflicto que podría ser de nuevo la causa de su insomnio. Causa para nada despreciable, más bien bella y conveniente para la energía que aún precisaba.

Su misma contraparte callaba, esperando otra conclusión más segura y un poco más lógica. Finalmente, su antítesis rompió el silencio al mismo tiempo que la melodía avanzaba. –Fuiste libre de elegir toda tu vida, a pesar de los factores que predisponen a un determinado fin. Pero deseo que medites en esto: aún si no fueses libre de gozar tu voluntad, ¿crees conveniente estudiar e investigar lo que está detrás de la libertad y del querer? –el viejo callaba–. Experimentas tu libertad, y eso debería bastarte. ¿Qué más da si no eres libre realmente? No importa cuánto hayas leído, la mente continuará pareciéndote ajena aun experimentándola diariamente.

Un hondo suspiro acompañaba aquellos párpados caí-
dos; un ademán de cansancio se confundía con el escalofrío
que acompañaba la tempestad fuera de la casa. Llovía a cán-
taros. Eran sus noches favoritas pues alimentaban su melancolía y nostalgia, propias de su carácter. Comenzó a observar
su vasta colección de libros, recordó cada uno de los que había
leído y se olvidó por un momento de aquellos que no había
abierto aún. Un nudo en el estómago se irradiaba a toda su
persona al pensar que, habiendo leído tantos libros, no era capaz de contestarse cuestiones tan básicas para él como concluir si uno es −o no− libre realmente.

El viejo profesor consternado olvidaba que en sus manos
se encontraba aquello que contenía el alivio y consuelo que an-
helaba, mas no la respuesta a su eterno dilema. Decidió dar
una última batalla y con ello sabía que, ignorando el resultado,
terminaría dejándolo por las buenas; abriría su libro, bebería
otra taza de café y leería de aquella pluma inglesa el confort
que necesitaba, no importando la hora que fuese.

Con su último aliento pronunció un brusco monólogo,
crepúsculo de su juicio nocturno, como perdonando a la noche que lo veía discutir con su soledad. Teniendo por público,
dispuesto en los anaqueles, el legado de filósofos, grandes li-
teratos y varias otras personalidades, las cuales solo hincha-
ron su pecho y elevaron su frente.

Esperó a que empezara la siguiente melodía y, como si
todo estuviese a su favor, la Gymnopédie No. 1 inició como
empujando suavemente su ánimo. Su espíritu se vio elevado
lo suficiente para exponer su profunda concepción del asunto.

—Es cierto. Por más que haya leído incontables tomos y tratados del tema, aun así no podré llegar a desenmarañar cuestión semejante como la verdad acerca de la pura libertad que experimentamos todos, no digamos cuestiones más importantes como aquello a lo que llaman los filósofos "el alma". Sin embargo, ¿quién dice que puedo ser alguien que comprenda fundamentos y justificaciones tan elevadas como esas? Si cada uno de mis sentidos se encuentra de alguna forma limitado, sería osado de mi parte inferir que puedo llegar a la verdad absoluta de un asunto tan crucial para la definición de nuestra especie. Muchos hombres antes que yo se hicieron la misma pregunta, otros tantos se atrevieron a contestarla; fueron leídos, tomados en cuenta y archivados en los anales etiquetados de "posibles soluciones". Si decido creer que soy libre por el simple hecho de experimentar mi voluntad convertida en hecho, ¿acaso alguien podría contradecirme? En cambio, si aseguro que nunca seré libre, pues mis acciones no solo dependen de lo que desee conscientemente, sino también de aquello que sobrepasa mi razón y anida en mi naturaleza biológica, cuestiones instintivas que ciegan mi juicio y demás fenómenos que forjaron mi persona desde temprana edad, ¿podría alguien negármelo?

Sin pensarlo, hizo su café a un lado y haciendo ademanes como si regañase a su propia arrogancia, el viejo prosiguió su enérgico discurso.

—En mi vida he conocido quienes apoyan fervientemente una sola idea, pero considero más cerca de la verdad aquel que, habiendo escuchado cada una de ellas, razona su experiencia, medita las implicaciones y contempla los resultados para sus adentros. El individuo es tan miserable que poco vale encontrar la "verdad absoluta" a cuestiones tan abstractas (si es que alguna vez alguien ha hecho semejante hazaña). Uno encuentra mucho más goce al interrogarse que al hallar la respuesta. ¿Qué sucede al encontrar una solución? "¡Eureka!" ¿Y luego? Mortal aburrimiento; el cual, a su vez, sucumbe frente al implacable deseo del hombre por saber más y más. ¡No! Ya he sufrido suficiente como para hundir más la daga del conocimiento en mi persona. Si osé cuestionarme un tema tan abstracto, no fue para solucionarlo, más bien fue para vivir la experiencia más humana de todas: pensar. El necio se ofusca al hallar una negativa en sus preguntas, el sabio queda anonadado al hallarse en un mundo donde pocas preguntas tienen respuesta, admirando así más y más la humanidad a la que pertenece. Me uno a Kant al contemplar la incomprensión infinita de lo percibido fuera de mí, y lo experimentado dentro de mí. ¡Júzgueme quien quiera! Yo decido ser modesto y aceptar mi humilde rol en la humanidad como mero espectador de esta experiencia a la que llamamos "vivir". He allí mi conclusión.

El reloj marcaba la primera hora de un sábado que se presentaba frío y nublado. Sus pensamientos, ahora serenos, podían seguir con su frustrado cometido. En sus adentros sentía que había regañado a un joven alumno, impertinente e inexperto. ¿No fue así alguna vez? Decidió no tomar más café. Abrió el libro y no pasaron ni cinco minutos cuando el viejo profesor se quedó dormido. La música continuaba sonando y en la habitación podían escucharse sordos aplausos que asemejaban a ronquidos.

El físico y el filósofo

Cierto día en una ciudad de pensadores y científicos, un viejo físico desveló el origen de la vida, condensándolo en una sola ecuación, la cual no ocupaba más de dos líneas. Al mismo tiempo, un viejo filósofo, contemporáneo del primero, descifró el sentido de la vida. Ambos consideraban su descubrimiento como el más importante que nadie jamás había podido aportar a la humanidad.

Por un lado, el físico alegaba que, sin su descubrimiento, el sentido de la vida poco valía, pues el origen antecedía al sentido, y sin conocer el origen, el sentido de la vida carecía de bases.

El filósofo argumentaba de manera distinta. Él aseguraba que conociendo el sentido de la vida podría valorarse si realmente el origen de la misma era necesario para alcanzar el objetivo último, el cual nos proporcionaría un alivio, pues ahora todos podríamos dirigirnos a un mismo fin.

Sin embargo, ambos eran inteligentes y astutos. Por mucho que la magna ciudad apoyara semejantes actividades culturales e intelectuales, habían quienes sobresalían de la mayoría, muy pocos, entre los que se encontraban ellos. Luego se encontraban los demás ciudadanos, quienes podían considerarse la masa que precisaba lo que los romanos se referían como *panem et circenses*. Por este motivo, ambos

empezaron a idear alguna forma de comunicarles a sus con-
ciudadanos el preciado tesoro que habían descubierto.

El primero en pronunciarse fue el físico, quien pregonó
haber encontrado el primer paso para poder crear nueva vida
desde la nada. El científico aseguraba que el ser humano podría crear aquello que le hiciese falta, aunque quizás en un futuro más lejano que cercano. La historia humana recordaría
este tiempo como el inicio del máximo potencial humano.

–¡Magnífico momento para vivir! –decía–.

El filósofo, en cambio, pensó en comunicar que, habiendo encontrado la meta última de todo ser humano, la
gente finalmente podría trabajar toda junta para lograr el
mismo fin. Creía que se acabarían los inconvenientes que habían causado más conflicto a lo largo de la historia conocida,
a saber, la desigualdad, la falta de tolerancia, el fanatismo, entre muchos otros. Había encontrado el primer paso a la paz.

–¡Los grandes griegos se enorgullecerían de nosotros! –
reflexionaba por las calles, esperando el momento adecuado
para compartirlo–.

La suerte estaba echada. Ambos esperaban ser reconoci-
dos por su aporte a la humanidad. Sin embargo, como tantas veces la historia lo ha corroborado, la información puede
sufrir uno de tres posibles destinos: por una parte, puede
usarse para beneficio de todos; por otro lado, podría usarse de
manera equivocada; y, por último, podría ser ignorada por
mucho tiempo hasta que un día se volviese a encontrar y se
repitiera el ciclo.

Rápidamente la gente tomó uno de los dos bandos. Los científicos se inclinaban por el aporte del físico y consideraban particularmente peligroso el aporte del filósofo. Preferían seguir lo viejo conocido y no arriesgarse a una nueva humanidad. ¿Y si el sentido de la vida no contaba con las ciencias? ¿Qué harían entonces los físicos y todos sus colegas?

Quienes se inclinaban por conocer el descubrimiento del filósofo no se interesaban en lo absoluto por el descubrimiento físico. La mayoría de hecho no hubiese podido comprenderlo, pues estando en una ecuación, ya de por sí complicada, ni se preocupaban por ello.

Sin embargo, alguien debía ser la voz de la razón, de la sabiduría y, por obvias razones, el filósofo supuso que debía suplir el papel de hombre maduro en cuestiones semejantes. El físico, aunque brillante, no podría considerársele un hombre sabio, pues por muchos años se centró más en las teorías y proposiciones que "en el conocimiento de eso abstracto y metafísico de poco valor sustancial" –según ellos solían decir.

Aunque el filósofo estaba feliz por haber descubierto aquello que tantos siglos habían buscado hombres tan sabios, no podía evitar sentir un vacío en lo más hondo de su ser. Al saber que el físico había resuelto el origen de la vida, se consternó tanto que poco le importó su propio descubrimiento.

–¿Será prudente dar a conocer nuestros conocimientos? –reflexionaba seriamente–. ¿En verdad veo mejor a la humanidad utilizando esta información?

Después de un arduo análisis concluyó que de cualquier forma todo terminaría en lo inevitable. Si valoraban y utilizaban el descubrimiento del físico por encima del suyo – lo cual era lo más probable–, terminarían por destruirse por el poder, la avaricia y la vanidad de todo cuanto creasen con ello. Si, en cambio, fijaban su atención en el fin último de la vida –por primera vez en la historia–, de alguna forma terminarían por convertirlo en un problema, o bien, a raíz del tedio y hastío que generaría el cese de todo esfuerzo por encontrarlo, poco importaría información tan elevada como para que todos se esforzasen por entenderla y, probablemente, la tomarían como una de muchas otras "opiniones" sobre el sentido de la vida.

El gozo del filósofo poco le duró. De nuevo, agobiado por los posibles escenarios, volvió a encerrarse en su casa, luego de unos cuantos días de disfrutar su epifanía. Mucha gente se preguntaba cuándo expondría su gran descubrimiento el viejo pensador. Esperaron en vano. Un joven estudiante, pupilo del viejo, les comunicó que "aún no estaba listo y que esperaran unos cuantos siglos". La gente, sin comprender, supuso que era una de esas metáforas que tanto le gustaba usar y no le dio importancia.

Pocos días después hubo una pelea entre los científicos de la ciudad. Resulta que quien condensó la fórmula, de cinco páginas a dos líneas, cometió un pequeño error aritmético sin darse cuenta. Al presentarlo a sus colegas éstos se mofaron de él y lo consideraron ya senil como para seguir trabajando. Fue tanta la cólera del viejo físico, y tanto el cinismo de sus colegas, que destruyó todo su trabajo –habiéndolo podido corregir sin problema–, se retiró de la ciudad y nunca volvió a vérsele.

El anciano no volvió a salir de su casa y pocos años después amaneció muerto en su cama. En su mano se encontraba una carta con un pequeño escrito:

"Tan sólo ahora comprendo que el conocimiento asume, sin preguntarlo, la disposición al sufrimiento; no todo le es conveniente conocer al hombre. Su naturaleza limitada refleja que todo cuanto puede manejar y saber tiene un frustrante tope, que no llegará a ser ni un cuarto de lo que ignora. ¡Vivan felices en la limitación! No como conformistas, sino como seres vivos que comprenden su insignificancia y tienen la capacidad de aspirar a más y más, en pos del mejoramiento constante".

Tato y el señor Flech

Corría el año de 1943 en la ciudad de Quetzaltenango. Un grupo de policías perseguían a quien habían divisado escondiendo lo que, tiempo después, sería identificado como el cuerpo vapuleado del Sr. Flech. ¿Quién había sido aquel extranjero y por qué causó tanto revuelo su muerte?

El viejo alemán, a quien le darían santa sepultura unos días después, había venido a la ciudad hacía treinta años. Sin esposa y sin hijos a los cuales extrañar, dejó su patria germánica para instalarse en la próspera cabecera. Según él había dicho "buscaba vivir tranquilo y lejos del estrés de la ciudad". Se había instalado en una humilde casa, la cual arregló con la herencia de su familia. Antes de mudarse, el joven extranjero había estudiado para ser farmacéutico en la Universidad de Berlín –además de haber estudiado español por dos años– por lo que rápidamente consiguió empleo en la sede principal de una farmacia importante. Posteriormente la adquirió sin problemas y, con ella, todas las sucursales del departamento. Gracias a su envidiable patrimonio, tenía muy buenas relaciones con las familias poderosas de la cabecera y las principales autoridades, entre ellos el jefe de la policía, quien le otorgaba permisos para salir por la noche a pasear de vez en cuando. Con los años pudo construirse la reputación de un amigable extranjero, aunque con un carácter directo y algo excéntrico. Un fino ejemplar de aquella tierra culta y fría.

Poseía varios amigos pertenecientes a la clase media y baja. El Sr. Flech representaba aquel último recurso a quién acudían por descuentos en medicinas que no podían costear. Siendo consciente de la situación económica de muchas personas y, viéndose exitoso en su negocio, el dueño de la farmacia no encontraba problema en rebajar el precio de muchas medicinas. No había una sola persona que no considerara al Sr. Flech alguien amigable, un próspero emprendedor, honesto y bondadoso.

Entonces, ¿quién sería capaz de hacerle daño a ciudadano tan ejemplar? El asesino en cuestión era un joven indigente de veinte años apodado "Tato", quien en varias ocasiones se había escuchado que se refería a él como "el nazi". Sin embargo, aunque tiempo después muchos repudiaron y sufrieron su delito, nunca pudieron hacer justicia.

¿Qué había movido a Tato a arremeter contra el Sr. Flech de forma tan violenta? ¿Acaso era la envidia de ver a un extranjero triunfar tan rápido en un país ajeno? ¿O quizás un odio arraigado a todo aquel que se viese adinerado? Aunque la gente del pueblo nunca lo perdonó, tampoco se esforzaron por investigar más del asunto. Para ellos no era raro que algún indigente se sobrepasara con la bebida y causara escándalo en la vía pública, robara o cometiese algún otro delito peor.

–¿No era obvio lo que había sucedido? –se preguntaban–. Un irresponsable joven callejero, vago y sin oficio frente a un exitoso y bondadoso farmacéutico. ¡Con razón estamos como estamos! ¡Encuentren cuánto antes al desgraciado! ¡Deberían matarlo a golpes! –decían–.

Pero, ¿qué sucedió realmente? Solamente una persona conoció los pormenores del asunto...

II

Habiendo descargado su ira con el viejo, Tato había intentado tirar el cuerpo en un bote de basura, a una cuadra del parque central, por el mercado. Sin embargo, un par de policías que hacían guardia divisaron la actividad sospechosa y no dudaron en gritarle que se detuviese. Lo habían reconocido pues casi todos los policías ya conocían a la mayoría de los indigentes. Tato no lo pensó dos veces y se dispuso a huir del lugar, en dirección a la Avenida El Cenizal, yendo por la octava calle.

Era una tarde nublada de enero. La temperatura apenas sobrepasaba los cero grados y las calles se mantenían impregnadas de una escarcha congelada. Aún se encontraba vigente el toque de queda –el cual empezaba a las 18 horas–, así que cualquier transeúnte divisado infringiendo la ley sería procesado sin piedad. Faltaban cinco minutos para las seis de la tarde, así que ya podían distinguirse las distintas parejas de policías en puntos claves de la ciudad. Pronto iniciarían su primera ronda de la tarde.

Desesperado por encontrar refugio, notó que una iglesia aún tenía la luz encendida y la puerta abierta; allí observó un sacerdote que se encontraba próximo a cerrar e irse a su casa, ubicada al lado de la iglesia. Había perdido a los policías, pero sabía que no podría huir por mucho. Lo estaban buscando y necesitaba un escondite.

El Padre Silva, que rondaba los cincuenta años de edad, se encontraba terminando de limpiar las ventanas de la Parroquia San Bartolomé Apóstol, cuando divisó aquel joven harapiento quien se dirigía eufórico a su pórtico.

—¡Piedad, padre, piedad! —exclamó casi gritando—. Soy un pobre desgraciado, sin oficio ni hogar, escapando del frío y de una muerte segura. ¡Por favor, ayúdeme a pasar esta noche en su casa! Dios lo recompensará. Le prometo que no haré problema y me marcharé mañana a primera hora. Puede darme una caja en una esquina de su patio, dormiré junto al perro, pero... ¡Por favor!

El padre lo miraba con asombro y miedo, pero escuchaba su discurso entrecortado por el cansancio que claramente le robaba el aliento en cada oración. Lo examinó por unos segundos y decidió interrogarlo, haciéndole un par de preguntas inusuales.

—De manera que eres un pobre diablo sin casa ni comida. ¿Tienes familia que te esté esperando en algún barranco cercano o en donde sea que duerman ustedes? —Preguntó con desdén—.

—Ningún familiar señor. Soy huérfano de nacimiento. Mi madre me dejó olvidado, pocos días después de haber nacido, frente a una tienda en La Democracia; allí me criaron hasta los siete años hasta que escapé con unos amigos del basurero. Y aquí me ve, vándalo por necesidad y desgraciado por gracia de Dios.

—Interesante. ¿Sabes hacer algún oficio?

—Ninguno que amerite pedir alguna paga. Soy un inútil y un sinvergüenza.

—Muy bien, muy bien. Me parece. —concluyó pensativo—. Entra entonces, espera aquí en el patio. No se te ocurra entrar a la iglesia. Aquí al lado entra por la puerta café y quédate ahí en el patio.

Sin pensarlo dos veces, Tato rodeó la entrada de la iglesia y entró aliviado, librándose de los policías e intentando escapar de un penoso final. El Padre Silva le trajo una manta y le preguntó si ya había comido algo durante el día, a lo que Tato respondió con una miserable negativa, como esperando que se apiadara de él y, no siendo suficiente la hospitalidad mostrada, le diera algo de comer para pasar la noche. Para su fortuna, así fue. El padre le comunicó que en un momento le traería comida. Por ahora, Tato podía descansar a salvo de la ley.

III

El pobre indigente agradecía a Dios en arrebatadas oraciones mentales. Pasados unos minutos el Padre Silva le trajo una sopa y un pedazo de pan francés. La sopa no tenía un buen sabor, parecía rancia, pero eso poco le importó a Tato. A caballo regalado...

—¿Y por qué tan apurado allá afuera? —Preguntó el sacerdote—. Es cierto que el toque de queda acaba de empezar, pero ustedes, indigentes, tienen un trato especial. Tan solo tienen que irse a esconder en alguna caja o salir del centro de la ciudad. ¿A qué casa te van a hacer ir si no tienes una?

—Padre, su hospitalidad ha sido casi angélica —contesto Tato, entre llorando y aterrado—. Yo no soy nada religioso, pero creo en Dios. Me dijeron que me habían bautizado de niño. Nunca he ido a una misa, pero no sé, Padre, no sé. No puedo mentirle a usted, no quiero hacerlo... Pero me siento mal, muy mal, arrepentido, no sé cómo decirle, no sé qué hacer, Padre, yo...

—Bueno, bueno, vamos a calmarnos. ¿Conoces el sacramento de la confesión?

—No, Padre. He escuchado y he visto como lo hacen, pero no entiendo mucho de eso. Perdóneme, Padre. ¡Piedad!

—Veamos. La confesión es un sacramento al que acuden los fieles que han cometido algún pecado y desean tener el perdón de Dios. Ahora, si deseas, puedes contarme tus pecados, si estás realmente arrepentido.

Tato nunca le había confiado sus problemas a nadie. Por naturaleza había aprendido a sobrevivir en las calles siendo desconfiado y astuto. Sin embargo, nunca había matado a nadie y era difícil distinguir entre el asombro de la situación, el miedo de las consecuencias y la posibilidad de un perdón celestial. No sabía qué pensar, qué hacer o qué decir. Como si la presencia del religioso le afectara directamente, empezaba a sentir un sueño que se confundía con una paz difícil de disfrutar, viendo su situación.

Finalmente, el miedo ganó al orgullo y Tato se dispuso a contar una historia desgarradora, balbuceando entre lágrimas las razones que lo llevaron a matar al Sr. Flech. El Padre sacó un crucifijo de un bolsillo de su sotana, acercó una silla, le indicó que no necesitaba hincarse y le pidió que empezara a contarle los pecados de los que se acusaba.

–¡Padre! Yo no quería, pero... tenía que vengar a mis amigos. Verá usted, desde hace unos diez años todos los que vivimos en la calle hemos escuchado historias de gente que quiere lastimarnos sin razón. Cuando tenía diez años escuchaba a los mayores asustados y preocupados porque diariamente morían varios compañeros en distintas calles de la ciudad. La gente decía que era el frío lo que los mataba, pero muchos morían bien arropados, incluso con cuatro ponchos, por lo que entre nosotros los motivos no cuadraban. Bueno, así fue por mucho tiempo hasta que ayer me di cuenta de la verdad. No lo creí, pero es la única explicación lógica que he encontrado.

–Anda hijo, dime lo que te preocupa –intentaba consolarlo el Padre–.

–Anoche, cerca de "La Bonifaz" nos acurrucamos como de costumbre unos cuatro compañeros con los que solemos dormir juntos para cuidarnos del frío. Entonces, ya pasado el toque de queda, quizás unas tres horas después, escuché una queja extraña. Al abrir los ojos me encontré con la imagen del Nazi, quien sostenía una aguja. En ese momento me pareció algo raro, pero no comprendí hasta que uno de mis compañeros empezó a contraerse y a gritar como si se estuviese ahogando. A lo mejor eso lo asustó porque cuando notó que yo me había despertado, salió corriendo. Intenté llamarlo, pero el otro compañero al lado mío empezó a contraerse también. ¡No sabía qué hacer, Padre, no sabía! –decía Tato, sollozando–. Busqué la ayuda de mi amigo, el que estaba a mi derecha, pero no respondía, hasta que caí en cuenta que no estaba respirando. ¡Fue algo horrible, Padre! ¡Un amigo muerto y dos compañeros retorciéndose en el piso! Era ya de noche, no había nadie a quien llamar, no había nadie... Entré en pánico, tenía miedo, estaba confundido...

—Continúa, continúa —le decía el Padre—.

—Pasaron unas horas y aunque estaban bien abrigados, ya estaban fríos, ya habían muerto. Tomé mi poncho y vagué por toda la tercera calle hasta encontrar una esquina para quedarme allí y pensar en todo. Si me hubiera quedado me hubieran acusado de algo, y usted sabe cómo tratan a gente como yo en la policía. No pude dormir en toda la madrugada. No comprendía que había pasado. Pero sí había reconocido al maldito Sr. Flech. ¡Él fue! ¡Tuvo que haber sido él! ¿Qué hacía con una aguja en la mano? ¿Por qué se retorcieron mis compañeros? Me prometí que los vengaría y por eso maté al Sr. Flech. ¡Sí, lo maté! Pero no quería, él me obligó. Después de todo, solo yo sobreviví. ¿Qué quería que hiciera Padre? Si no lo logró esa noche, me habría matado otra. ¡Mi pecado fue vengar a mis compañeros! ¡Tenía que salvarme!

IV

Tato había empezado a sentir más y más sueño. Por algún extraño motivo no podía ponerse de pie, aunque quisiera. Se encontraba a los pies del Padre, pero no podía sostenerse con la cabeza en alto, así que decidió acostarse. Supuso que era el efecto de desahogarse por primera vez y lo cansado que se encontraba de no haber dormido por dos días. Los labios se le durmieron y un escalofrío le cruzó por todo el cuerpo cuando escuchó hablar al Padre.

—Así que el Sr. Flech no pudo completar su misión...

—¿Misión? ¿Cuál misión? ¿De qué habla Padre?

—Ay hijo mío, si tan solo comprendieras, tú mismo lo harías más fácil. Pero no es posible, tú eres parte del problema.

Tato apenas podía pronunciar bien las palabras. Ahora se encontraba como paralizado, pero consciente. Observó al Padre desde el piso y le preguntó de nuevo: —¿Problema? ¿Cuál problema?

—Ustedes los indigentes son la basura social del pueblo. Sin ustedes habría menos crímenes y las calles se encontrarían más limpias. ¿Qué no lo comprendes? Claro que no lo haces... Según tú, la sociedad tiene la obligación de cuidar de todos ustedes, ladrones, drogadictos, asesinos, zánganos... Afortunadamente el Sr. Flech ideó una solución eficaz para ese problema. Por mucho tiempo no solo ayudó a este pueblo con sus solidarios descuentos y con donaciones a la iglesia, también realizó su labor social limpiando esta cabecera de gente inútil, como tú. Gracias a sus ideas extranjeras y revolucionarias. Por algún motivo tenía un alto estima por la gente de provecho, y un gran desdén por ustedes.

—¡Usted no es un Padre, es el mismo diablo! —balbuceó Tato—. Apenas podía mover sus ojos, su cuerpo se encontraba como paralizado, y empezaba a sentir como sus brazos y manos tomaban formas extrañas. Aterrado de miedo, comenzó a llorar e intentó gritar, pero ya no controlaba su cuerpo. Fue allí donde supo que todo terminaría.

—Quizás, hijo mío, quizás lo sea para ti. Fue muy amable el Sr. Flech al brindarme algo de su medicamento hace unos meses; hoy he finalizado su tarea. Que Dios se apiade de su alma. Gracias a él, y a ti, hoy también aporto a mi sociedad. A mí me consta cuánto sufría él al purgar su deseo de pureza social. Muy curioso, pero noble. En cada confesión iba comprendiendo cada vez más sus razones. Poco a poco esta ciudad fue viéndose más tranquila, más limpia. Y eso se lo debemos a su ardua tarea. Ahora descansa, hijo mío. Tú también has aportado a tu sociedad el día de hoy. Tus pecados te son perdonados, en el nombre del Padre, del Hijo, y del Espíritu Santo. Tu penitencia está hecha.

V

A la mañana siguiente los ayudantes de la Parroquia sacaron la basura. Eran tres costales ridículamente pesados. Nadie hizo ninguna pregunta. Los policías siguieron buscando sin éxito al responsable de la muerte del amado Sr. Flech. Las señoras lloraban por su recuerdo, y por sus descuentos... Una misa fue ofrecida en su memoria. El Padre Silva se ofreció a darla. La catedral no fue lo suficientemente grande para tanta gente que asistió al memorial de aquel extranjero que tanto había hecho por Quetzaltenango. Fue enterrado en el Cementerio General. Debido al terremoto de 1976, su tumba se perdió entre otras tantas. No se sabe realmente donde se encuentran sus restos. Eso sí, por muchos años, cada primero de noviembre, su tumba era visitada por algunos viejos conocidos, por las señoras enfermas y por el Padre Silva.

Sum ergo cogito

Una tarde se encontraba un joven estudiante resolviendo una tarea, según él opinaba, para nada relacionada con su carrera. Cursaba su primer año de la licenciatura en Biología. Sin embargo, era bien sabido que durante este tiempo la mayoría de los alumnos se encuentran en aquello denominado "área común". En esto radicaba su molestia.

Su tarea era realizar un pequeño ensayo explicando lo que él entendiera por la famosa frase cartesiana *cogito ergo sum*. La junta directiva de la institución había evaluado que muchos alumnos no gustaban de la filosofía, por esto mismo decidieron cambiar el nombre de la clase a "pensamiento reflexivo", lo cual –opinaban ellos– haría que no se sintieran particularmente inconformes con la materia dentro de su pensum.

–¿Qué necesidad tengo de comprender que "pienso" y luego "existo"? –se decía–. Debería estar estudiando las composiciones moleculares de algún organismo. ¡Completamente innecesario! Además, cualquiera con sentido común se da cuenta del error en esa frase.

Como si una epifanía le golpease súbitamente la razón, el joven se decidió a comprobarle a su maestro que, si él era capaz de probar lo equivocado que estaba un gran filósofo, la clase no tenía por qué cursarla, ya no él sino toda la clase, y quizás hasta quitarla del pensum.

Su atrevida refutación iba de la siguiente forma: era imposible pensar si antes uno no existía. Le sorprendía la lógica tan simple de este argumento. Se preguntó si todos los científicos habrían sido capaces de llegar a esto y, si lo habían hecho, ¿por qué la gente seguía enseñando y aprendiendo estas ideas? Continuó alimentando su pensamiento al mismo tiempo que intentaba escribir todas las ideas que revolotean descontroladas, urgentes por salir.

—Para pensar —escribía acelerado— se requieren funciones cognitivas con la suficiente complejidad para llevar a cabo esta acción. Y estas funciones no pueden poseerse si antes no hay un cerebro que las contenga. Este cerebro debe existir de alguna forma en algún cuerpo, el cual debió haberse formado previamente, haber sido nutrido y posteriormente crecer y desarrollarse. ¿Cómo a alguien se le pudo haber ocurrido que, si no pienso, no existo?

Tan satisfecho se encontraba de su refutación que a cada amigo o familiar suyo le compartía su acertada antítesis. Sin embargo, esto no sucedió como él lo hubiese esperado. Al acercase a sus amigos y compañeros recibía casi siempre las mismas preguntas y afirmaciones: *"¿Cómo así que existir? ¿Pienso y luego qué? ¿Por qué andas pensando en eso? ¿Eso te sirve de algo?"*. *"Deberías concentrarte más en tus estudios"*. *"Deja de perder el tiempo"*.

Para él, representaba algo sumamente importante. ¿Cómo era posible que la gente andará por allí sin saber que primero se existe y luego se piensa, y no al revés? —se preguntaba–. No pudo evitar quedarse pensando en eso toda una semana. Por alguna extraña razón se quedaba despierto algunas noches pensando en lo poco que reparaban en esto.

–¿Así se habrá sentido Descartes en su tiempo? –reflexionaba antes de dormirse–. Es cierto que él estaba mal, pero aun así, su afirmación es relevante. ¿No habrá alarmado a nadie? No puede ser que la gente, con todo el potencial que posee, vaya caminando por ahí sin comprender que existe y entonces, y solo entonces, piensa. A menos que...

Meditó un poco hasta que se quedó dormido. A la mañana siguiente, desde el desayuno, un hondo dolor le carcomía el orgullo. No quería aceptar que había perdido la contienda con aquel filósofo. Por más que había buscado, por más que se había esforzado en comprobar su acierto, la gente misma lo refutaba sin esforzarse.

La teoría le decía que él tenía la razón. En la práctica, era Descartes quién salía victorioso. ¿Por qué? Todos se lo habían demostrado: cualquiera que tenía la cualidad de ser, existe. Lo especial del ser humano es que él puede apercibirse como existente. Sin embargo, poco vale lo que uno perciba por cualquiera, pues sea quien sea, si esa persona no se dispone a ejercer el pensamiento y no se analiza, no puede percatarse que existe. Iría por la vida haciendo justamente eso, viviendo nomás, simplemente "siendo", pero apenas y notaría su existencia, pues es algo que consideraría como a priori y ni siquiera pensaría en ello.

¿Había entonces perdido la pelea? Por una parte, sí, por otra quizás no. Para el joven, si no ganaba por completo, no lo hacía en absoluto. En su interior se vio defraudado por sus propios amigos y conocidos. Se sentía enojado con su propia especie, en especial con aquellos que, como no pensaban, ni cuenta se daban que existían.

La fecha de la entrega llegó y el joven no entregó ningún trabajo. Decidió creer que, si bien se necesita existir para pensar, no todo el que existe, piensa. Por otro lado, todo el que piensa es porque existe. Pará él, Descartes había ganado.

CORRESPONDENCIA ENTRE DOS HERMANOS

I

1 de noviembre del 2018

Amada hermana:

Hace tiempo que no se mucho de ti. De hecho, desde hace cinco años que te perdí la pista. La última vez que nos vimos, en la cena de navidad, me habías dicho que estabas por hacer cambios importantes en tu vida, pero ignoro cuales hayan sido. De suerte conozco que aun estas viva. Papá me ha preguntado mucho por ti. Yo tampoco he podido decirle casi nada. Has ignorado mis mensajes en varias ocasiones, y no he querido insistir. Sabes que siempre he respetado tu espacio. Por parte de mamá, pues tú sabes que ya está grande, y su memoria empeora cada día. Ella sigue pensando que vivimos juntos, y por miedo a herirla, hemos acordado con papá que es mejor dejar que siga pensando eso hasta que volvamos a visitarla los dos juntos, tú y yo.

Me he decidido a escribirte esa carta, algo formal, porque sé que te encanta la correspondencia escrita a la antigua. Quizás así podamos tocar temas más importantes. Me gustaría que me contaras más de esos "cambios importantes" que mencionaste. Lo último que supe fue que te hiciste cristiana. ¿Cristiana católica o protestante? Eso no me lo esperaba, y menos de ti. Espero no lo hayas hecho por mamá. Sé que eso les gustará escucharlo, pero quisiera escuchar más de ti. A lo mejor las oraciones de mamá hayan hecho efecto. ¿Acaso no bromeábamos los dos de lo ridículo que era creer en una religión y no en otra? ¿No te recuerdas que nos encantaba reunirnos con amigos de distintas religiones e intentar que nos convencieran que su religión era la verdadera y no la del otro? ¿O de aquellas veces en la universidad que jugábamos con la filosofía y la ciencia para ir contra de la idea de un Dios? Recuerdo que te encantaba participar en el club de debates, especialmente cuando se trataba algo de moral o ética cristiana. Eras muy buena. Pero, ahora, supongo que no podremos bromear más.

No entiendo, en verdad tu decisión, pero tampoco es mi deber hacerlo. Quizás ni tú la comprendas bien... ¿estas completamente segura de tener la fe necesaria para ser cristiana? Yo personalmente no me metería a jugar a ser creyente. No haría un buen trabajo; tengo demasiadas dudas y valoro demasiado mi libertad como para yo sólo cerrarme las puertas, ponerme una cadena y creer que seré feliz así. Pero, si eso has decidido, adelante. Te sigo queriendo igual.

Cuéntame que dice tu esposo sobre esto. ¿Ya tienes hijos? ¿Qué tal te fue con tu clínica? Si tienes muchos pacientes, entenderé que tardes en responder. Tanto que no sé aún de ti. Por favor, no ignores esta carta.

Un abrazo,

P.

10 de diciembre del 2018

Amado hermanito:

Lamento no haberte contactado antes. He pasado por tantas cosas que me será difícil poder exponerlas todas aquí. Pero tú vales el esfuerzo y, aprovechando que tengo tiempo libre, contestaré lo que pueda y las dudas que tengas de la manera que me sea posible. Te advierto que han pasado muchas cosas, pero lo único que te pido es que seas comprensivo y tolerante con mi voluntad; que no me juzgues, más bien si hay algo que no conoces, pregúntame y escucha mis razones, analiza tus opiniones y juicios, y valores si es conveniente y preciso compartírmelos. Después de todo, sea o no tu hermana, debes mantener una posición coherente frente a lo desconocido. Sé que ambos comprendemos esto.

Hermanito, eres quien mejor me conoce. Gracias por jugar conmigo al escritor y enviarme estas cartas que tanto adoro. No he perdido este gusto desde que leímos a Dostoievski. ¿Te acuerdas de esa novela? "Pobre gente" nos introdujo a este juego de cartearnos cuando nos encontrábamos lejos. ¿Has seguido leyéndolo? ¿Sigues comprando libros viejos? Yo cambié ese gusto y ahora prefiero los libros nuevos cuando puedo comprarlos, de hecho, en eso se me va mi sueldo. Como ves, sigo viviendo donde mismo. Mi clínica aun esta activa, aunque hubo un tiempo que tuve que cerrar por problemas personales. Ya me explicaré. No he querido hablar con mis papás porque sé del estado de mamá. Sé que mi papá no es tan sensible, pero aun así, no he estado en posición de hablar con nadie.

Ahora paso a contestarte lo más difícil. Mi esposo falleció hace cuatro años. Le detectaron cáncer de páncreas. Los doctores dijeron que era muy agresivo, y le pronosticaron unos cuatro meses de vida. Pero solo vivió tres. En fin. A raíz de eso me diagnosticaron depresión grave, tuve dos intentos de suicidio, pero, afortunadamente, aquí me encuentro. He pasado por un infierno luego de eso. Dos días después de que le hayan detectado el cáncer, me enteré que estaba embarazada. No sé qué pasó, y tampoco quiero recordarlo, pero aborté. Tenía tantos deseos de tenerlo, como de no hacerlo. Fue un mar de emociones incontrolables, con mi esposo en el hospital y yo sola lidiando con esto, fue un martirio.

Te preguntarás por qué no acudí a ti. La respuesta puede parecerte tonta, pero, creo que no quería que me vieras en este estado, tanto dolor y sufrimiento, me avergonzaba que fuese vista por alguien que yo estimaba tanto. No solo tú, sino con los pocos amigos que tengo, me cerré. Decidí acudir con profesionales, gente que no me conociera, y con quien no tuviera que sentirme avergonzada de ser tan frágil. Orgullosa y soberbia. ¿No era así como me conocías? Bueno, te sorprenderías al verme ahora hermanito.

Así como mamá, me volví al catolicismo. Creo que todo empezó con mi depresión. Mi esposo en el hospital, sola, sin amigos a quien acudir por vergüenza de mi aborto y mi inminente perdida marital, creo que busqué de todo para sentirme mejor. Intenté razonar todo y justificar la causalidad de la situación, para poder concluir que nada era por azar y todo debía tener una razón, pero eso no me hizo sentir mejor. Busqué alivio en la medicina, y me di cuenta que hay cosas que no puede hacer. Al menos ese cáncer no pudo curarlo. Y eso está bien, yo entiendo, fue algo demasiado agresivo. No puedo demeritar a la medicina sólo porque no curó a mi esposo. Faltaron otros dos siglos, quizás, para poder tratar estos problemas, y tocó la mala suerte de nacer en esta época. ¿Suerte? ¡Qué digo! Yo hablando de "suerte". Ahora ya lo has leído todo. Pero, espera, que quizás te sorprendas más.

He decidido abrirme contigo. Hermanito, por favor, no me juzgues. Valora la confianza que te tengo y lee mis palabras, si no con cuidado y paciencia, aunque sea con piedad y lástima, pero no me tomes a la ligera.

No sé cómo; aún pienso en ello y no encuentro respuesta, pero lo único que me daba paz o siquiera acogía a mi corazón, era orar. La idea de un ser que tenía todo bajo control y que todo sucedía por algún motivo, aunque no lo entendiera nunca, me ayudaba. Al principio intentaba orar como nos había enseñado mi mamá. De seguro aun te recuerdas de esas noches donde pedíamos a Dios por que papá regresara sano y salvo del trabajo. Bueno, empezaba de la misma forma, y le pedía que curara a mi esposo, o que me dijera por qué me había embarazado de él para luego abortar. Para mí no tenía sentido. ¿Te imaginas cuán desesperada estaba que, en ese momento, perdí toda vergüenza, todo orgullo, toda vana dignidad en mi persona y en mi razón, a tal punto de orarle a aquel del que un día pregonábamos ignorar con suma inteligencia y con nuestro juicio al tope? Estaba rota, deshecha, acabada. Pero, esto aliviaba de alguna forma mi alma.

Con Dios, pude darle razón y sentido a tanto dolor y sufrimiento que vivía. Incluso, en los años siguientes, pude llegar a comprender un poco más aquello que no entendíamos en nuestros años académicos. ¿Te acuerdas? Era sobre lo que afirmaban los sacerdotes en la iglesia, cuando aún íbamos los domingos los cuatro juntos, como familia. "Por medio de la cruz se llega a Dios". En su momento no hallábamos la relación entre sufrir innecesariamente por agradar y alcanzar a Dios. Nos preguntábamos: "¿para qué le sirve a Dios que suframos y abracemos su preciosa cruz, si es todopoderoso? Si Dios existe y es bueno, entonces debería eliminar todo el sufrimiento del mundo. Es ridículo creer en un Dios así". Aún recuerdo cuántas veces nos regañaba mi mamá cuando nos escuchaba hablar de eso. Créeme que ahora puedo verlo desde un punto de vista distinto. ¡Qué equivocados estábamos! Lo vimos todo mal desde un principio. Después de tanta oscuridad, ahora sé distinguir un poco más entre tinieblas y claridad.

Pero, debo dejar la carta aquí. Quiero que digieras todo esto con esa mente abierta que tanto te caracteriza. Dime si quieres que te explique mi concepción de esto y con gusto te escribiré. Pero necesito saber que no escribiré en vano. Si no te interesa en absoluto, si me consideras un caso ridículo de debilidad y me ves con ojos de lástima, dímelo. Ahora soy más fuerte, y no me enfadaré por tu sinceridad. Me limitaré a contarte lo necesario de mi vida y prometo no amarte menos. De mi elección te digo que me bauticé y me confirmé en la iglesia católica, pero no menosprecio a los demás caminos que llevan a Dios. No defiendo ciegamente a capa y espada que sea la única iglesia verdadera, pero tampoco creo que sea una falsa. Si me lo pides, me explicaré con más detalle en la siguiente carta.

Espero tus noticias y me disculpo desde ya si acaso me tardo mucho en responder.

Besos y abrazos,

H.

II

15 de diciembre del 2018

Querida hermana:

No sé cómo sentirme luego de leer tu carta. ¿Tu esposo muerto, un aborto, intento de suicidio, conversión al catolicismo, y aun así no me buscaste? No puedo evitar sentirme algo lastimado por la falta de confianza que me tienes. Hay problemas personales que es comprensible querer vivir solo, pero hay otros que el sentido común te hace buscar a tu familia, a los seres quienes son más cercanos a ti. Incluso a tus amigos. Pero, no sé por qué no hiciste todo esto. No te conozco. Eres inteligente y astuta, o al menos así te recordaba. ¿Qué te pasó? Bueno, también debo comprender que muchas cosas se te vinieron encima. Y esas son solo las que me comentas. Por lo que dices, estoy seguro que hay más que no me has dicho. No te pido que me las compartas pero tampoco hallo razones para que no lo hagas. Soy tu hermano, y estoy allí para ti. O al menos eso quisiera.

Créeme que lo lamento por tu esposo. No sé ni qué escribir frente a este problema, y tampoco quiero tocarlo mucho pues deduzco que es un tema delicado. Lo de tu aborto me sorprende aún más. Pero la gota que derrama el vaso son los intentos de matarte. Paso de la sorpresa y del dolor que siento, a la preocupación que me genera el que no hayas acudido a tu familia para catástrofes de esa magnitud en tu vida. Imagino que papá no sabe nada de esto. No se lo contaré, pero debes arreglar este problema. Pienso que deberías contarles, al menos a papá.

Todavía no entiendo por qué no les has contado que eres católica. Mamá se pondría muy feliz. Por papá no puedo hablar, ya sabes que él es demasiado impredecible. Pero aún me consterna todo lo que ha pasado contigo. Me siento culpable por no estar allí apoyándote, pero al mismo tiempo no encuentro motivos para estar así, pues no lo sabía, y tú tampoco me comentaste nada. Entonces, insisto, no sé cómo sentirme.

Qué lástima saber que tu razón no te fue suficiente para evitar caer en la depresión y en intentar acabar con tu vida. Quizás si hubieses acudido a alguien, a tu familia, a tus amigos, a mí... Bueno, lo hecho, hecho está. Pero, ¿a qué costo? ¿Así que ahora ya no podré hacer chistes religiosos si te veo? Tienes suerte de que sea muy parco con los sentimentalismos y con las emociones. Tengo muchas razones para enfadarme contigo, pero decido no hacerlo, no vale la pena. Eres mi hermana, y sigo queriendo estar para ti. Al menos ahora lo sabes. Si te sucede algo, dime, por favor. Quisiera verte para las fiestas. ¿Crees que puedas recibirme? Si no, iré con mis papás. No te preocupes, no les diré nada. Pero puedo decirles que por fin pude contactarte y que estas bien, sana, y que me has pedido que no diga nada hasta que decidas saludarlos por tu cuenta. Tú me dices. Pero hazlo, por favor.

Por último, quiero tocar el tema de tu conversión. No te juzgo, pero debes saber que lo que te pasó ya lo habíamos contemplado antes, y aun así, sucumbiste al alivio irracional. ¿Ya no te acuerdas que en una ocasión concluimos que la gente cree en Dios porque, de no hacerlo, terminarían en castigados en el infierno? Parece que te pasó exactamente lo mismo. ¿La causalidad racional y analítica no te bastó? La debilidad de tu razón me sorprende. Pero, aun así, intento comprender el asunto de la cruz, y no me queda claro. ¿Dices que sólo por medio del dolor, del sufrimiento y del llanto que representa llevar una cruz "espiritual", sólo así es posible llegar a Dios? Pero: ¿quién fue el que te puso esa cruz en un principio? ¿Fue Dios, no? ¿Es tan bondadoso que te pone obstáculos para luego decirte que los soportes y que encuentres tu camino en ellos? Hay algo allí que no me cuadra. Pero, si estas dispuesta a intentar despejar esas dudas que tengo, pues deseo leerte. A pesar de todo, te conozco, y sé que si eliges algo es por una buena razón. Dime cómo llegaste a comprender esto. Me da un genuino interés por conocer tu postura. De alguien más realmente no me darían deseos de escucharlo. Tú siempre logras captar mi atención.

Por mi parte te digo que no necesito creer en Dios. Tengo todo lo que necesito ahora: salud, una buena esposa, un hijo en camino, un hogar y mis padres vivos, amistades y un buen trabajo. Si me pongo a creer en Dios, me pondría peros y altos por mi cuenta. Me impedirían vivir y experimentar todo lo que quiero hacer con mi vida. No necesito a Dios para comportarme bien ni hacer lo correcto. Y cuando muera, lo haré satisfecho de que pude escoger mi propio destino, vivir como quiero, lo que quiero y con quien quiera. Mi libertad es importante, y no necesito miedos y preocupaciones infundadas que me digan qué debo hacer ni cómo hacerlo. Aun así, quisiera que me respondieras tan solo esa duda de la cruz, tan dolorosa y a la que tantos causa pavor, esa idea del sufrimiento como necesidad para llegar a Dios. Digámosle una "genuina curiosidad". Quién quita, ¡a lo mejor logres convencerme!

Quedo atento de tu respuesta. No tardes, que la curiosidad me carcome las uñas.

Un abrazo,

J.

23 de diciembre del 2018

Amado hermano:

Me duele, pero no me sorprende, la forma en que tomas las palabras que tanto me han costado compartirte. Pese a todo, comprendo completamente que tu opinión sea la expuesta en la carta anterior. Nadie nunca nos explicó todos estos misterios. Mamá oraba y leía la biblia con nosotros, pero hasta allí. Además, dudo mucho que, aun viéndote en tela de duda sobre estos temas, todo esto alguna vez te haya interesado tanto como para acudir a quienes conocen del tema para aclarar estas dudas, pues tus metas no van por ese camino. Si hubieses tenido la intención de saber más, hubiese sido porque querías justificar lo que sería una elección importante: quizás el volverte cristiano. Al menos es como yo lo veo. Por lo tanto, justifico y comprendo tu posición. Viendo que mis palabras no caerán en saco roto, me dispondré a comentarte mi punto de vista de estas cuestiones que tanto te causan una "sana curiosidad". No planeo convencerte, más bien mi intención es compartir algo muy personal y valioso con mi amado hermanito.

A lo que deseo referirme es a mi concepción del acercamiento y perfección del amor a Dios por medio de nuestros obstáculos, de aquello que tanto nos hace sufrir y que no pedimos tener ni somos directamente responsables de ello. Hubo un tiempo en que ambos no entendíamos la razón de tanto dolor como un requerimiento para llegar a él. No pienso darte una explicación teológica del tema, pues no es mi campo. Te advierto esto, pues sé que eres muy crítico con los argumentos escuchados, tal y como lo soy yo. Espero que esto sirva para que comprendas que lo que te expongo aquí no es más que mi humilde percepción de todo esto, de cómo lo viví y de cómo lo entiendo, de cómo cobra sentido dentro de mí.

Agradezco que me comentes las razones que tienes para no "necesitar" de Dios. Usare tus palabras como ejemplo. Tienes razón en lo que dices. En tu posición no te hace falta ningún Dios o algo parecido. Tienes la fortuna de tenerlo todo. Y si acaso faltase un día, encontrarías la forma de acoplarte a ello o simplemente trabajarías para recuperarlo. Asumo que también sabes que, aunque posees algunos defectos, no son de suma importancia para tu desempeño como hombre de bien. Sin embargo, así como tú mismo puedes corroborarlo, el concepto y la idea de Dios no tienen sentido para ti, pues no has llegado a "necesitarlo".

Pero, te advierto, que debes tener cuidado. Nada en esta vida es para siempre, y menos las alegrías y la paz. Si hay algo que sé que coincidirás conmigo, pues es algo muy lógico, es que el ser humano sufre más de lo que se alegra en su vida. Aunque tú te encuentras en estos momentos "bien y tranquilo", estoy segura que luego de apercibirte como tal, surge un estado de indiferencia o de tedio por tanto bienestar. Tan solo piénsalo: ¿crees que si tuvieses todo en esta vida no caerías en el aburrimiento? Eso lo estudiamos en el colegio: el ser humano no se conforma con nada, quiere más y más. Si me dices que tienes todo esto, ¿me negarás que trabajas por tener una mejor casa, más dinero, y más gustos? No me contestes, pero sé que es así, porque es lo normal. Todos queremos más. No queremos conformarnos. Y esto es una premisa del punto que quiero compartir.

Ahora, teniendo esto en cuenta, es natural que se vivan constantes disgustos, desavenencias, sufrimientos, dificultades y demás desasosiegos por cualquier razón. He allí donde entra Dios y la idea cristiana del martirio, de la cruz. Si le buscas un sentido a todo el mal que sucede constantemente, y más aún, del mal que pueda ocurrirte a ti, por más bueno y virtuoso que seas, podrás encontrarte con un tremendo signo de interrogación. Sin embargo, la ecuación se vuelve entendible cuando Dios se encuentra en ella. ¿Recuerdas el famoso libro de Job? No tienes que leerlo todo, tan solo busca un resumen o de qué habla. De seguro te entretiene.

No puedo amar a Dios cuando estoy tan ocupada amándome a mí misma, disfrutando de mi vida como yo quiera, gozando de las alegrías y la falta de dificultades que me proporcionan los breves y afortunados momentos de mi existencia. ¿Por qué me pondría a amar a Dios cuando puedo concentrarme en lo que a mí me sucede? Claro, pero, ¿luego? ¿Qué pasará después? ¿Hay un después? ¿Piensas que papá, mamá, tu esposa, o tu futuro hijo, cuando llegue su momento, morirán para siempre? Quizás tengas la valentía necesaria y te jactes de estar en paz con esto. Pero, créeme que cuando ves partir a la persona que amas, cuando esperas una nueva vida que comparte su origen con la persona que tanto amas, y muere, es inevitable pensar en la trascendencia. Pues eso me ocurrió.

Lo pensé mucho antes de elegir el camino de Dios como mi solución. La idea de la cruz me ayudó a darle sentido a mi sufrimiento, y cierto o falso, no sabes la paz y la tranquilidad que experimento en estos momentos. Para mí, todos estos dolores que viví no fueron en vano, todos cumplieron un propósito: acercarme a Dios. Si no hubiese nada que me costase, que me doliese o que me molestase, entonces no tendría razones para acudir a él. Claro, es una visión muy mundana y muy inmadura de llegar a Dios. Sin embargo, lo importante aquí no es cómo llegar a él, sino lograr llegar a él. No concibo que mi amado esposo haya pasado por todo lo que pasó, por nada. No es posible, no puede ser. Eso elijo creer, por amor a él. Si pasó por todo eso, quizás fue para ayudarle a darse cuenta de lo realmente importante en esta vida, sus seres queridos, dejar atrás la vanidad y el orgullo que caracterizan a alguien sano y fuerte, y aumentar su humildad y agradecimiento frente a la vida que tenía. Asimismo a mí, la idea de Dios y su cruz, me ayudó a darme cuenta que todo lo que pueda sucederme es gracias a su voluntad divina.

Tan solo quien ha sufrido demasiado, sabe lo que es la verdadera felicidad. Tan solo quien ha vivido en tribulación reconoce cuando se encuentra en campos pacíficos y tranquilos. La cruz que viví con mi esposo y mi bebé me ayudó a darme cuenta de la fragilidad que nos caracteriza. Tanto ego, tanto orgullo y vanidad que dura con suerte unas ocho décadas. ¿Y luego? Dios ofrece un consuelo eterno, uno que no es de este mundo, pero que debe prepararse aquí. Llámalo superstición, ingenuidad o debilidad, pero Dios me ayudó con todo el sufrimiento que ocurría en mi vida. El ser humano es débil, eso no es algo nuevo. Es frágil y sensible. Unos más que otros, pero todos al final caen, sufren, mueren.

Decidí ofrecerle a Dios todo lo mal que me sentía como muestra de mi amor hacia él. ¿Tiene esto algún sentido? No sé cómo explicártelo, pero si no consideras posible la existencia de Dios, entonces nada tiene sentido. Sin fe, no tiene sentido nada de esto. Hay cosas que tú no controlas. Desastres y accidentes de los que no eres responsable, pero te toca vivirlos. Con Dios no solo cobran sentido, sino también te ofrecen una oportunidad para mejorar como persona, creces en humildad y aprendes a habituarte a las circunstancias. Empiezas a valorar menos tu voluntad y más la de él, que es puro amor, pura verdad y pura justicia.

Me preguntas cómo es que hay tanto daño y sufrimiento en el mundo, si Dios es bueno, perfecto y todopoderoso. Bueno allí se encuentra tu respuesta. ¿Crees acaso que el ser humano, con lo limitado, imperfecto y egoísta que es, podría responder semejante pregunta? ¿Conoces los planes perfectos del creador? Y aunque los conocieses: ¿podrías comprenderlos? Ni siquiera comprendemos a cabalidad todos los misterios científicos del universo, y piensas que se puede responder a esa pregunta tan elevada como "¿Por qué un ser perfecto con un entendimiento infinito escoge esto en vez de aquello?" Yo no lo creo. Y todo esto asumiendo que tienes la suficiente apertura de mente como para considerar que existe un creador de todo esto, del universo. Si no puedes considerar esto, te ruego me lo hagas saber, pues en ese caso no tiene ningún sentido todo lo que he escrito.

A ti te gusta mucho la ciencia y las demostraciones. ¿Has leído a Leibniz y su armonía preestablecida? Quizás no sea el mejor exponente para lo que trato de decir aquí, pero estoy segura que no te decepcionará tan fácilmente. El hombre en cuestión era un intelectual de su época. Revísalo y dime qué te parece, si así lo deseas. En fin, a lo que iba es que todo lo que me sucedió me permitió darme cuenta de la fragilidad de nuestra vida, de nuestra existencia. Me decidí por darle un sentido, un esqueleto a este cuerpo gelatinoso. Me decidí por creer que ofreciéndole el sufrimiento que pueda vivir aquí, puedo demostrarle a ese que me creó, que no importando lo duro y feo que se ponga el escenario, lo amo, y respeto su perfecta voluntad. Si tal o cual cosa sucede, será porque él así lo permitió, y si lo hizo, quiere decir que es lo mejor que pudo haber ocurrido, pues nada hace a la ligera y al azar. Esto le da paz a mi corazón y me ayuda a dormir cada día con más tranquilidad en mi ser.

Por último, te digo que ambos hemos leído de gente tan bondadosa y recta. No hace falta ver los libros de historia. En tu vida has conocido gente virtuosa, bondadosa y caritativa. Los hay de tantas religiones, de tantos credos, regados por tantos lugares del mundo. Quizás me falta fe, o amor, pero mi razón no me permite ser una imprudente y decir que solo porque yo decidí el catolicismo, me acerco más a Dios que quien creció siendo budista o musulmana y no vivió igual o más virtuosa que mi persona. Es imposible. Hay de todos los países que nos sobrepasan en bondad, sea religión cristiana o la famosa religión natural. Si Dios nos creó a todos, el habrá permitido la diversidad de credos. A fin de cuentas, si lo piensas bien, no hay credos que no busquen todo lo que, en abstracto, busca el cristianismo. Hay infinitas formas de interpretar el mensaje de Dios, y muchas más que te enseñan el camino hacia la buena vida. Por eso, no esperes encontrar a una fanática como hermana, o una ferviente devota, cegada a considerar valiosos otros credos. No. Tan solo decidí este credo por lo que significaba para mí. Gracias a mamá, quien nos ayudaba a rezar de pequeños. Creo que la iglesia es UNA forma de llegar a él, no LA forma única. Hay dogmas que no tienen ningún sentido, pero no me pondré a pelear con una institución fundada por él. De eso que se encarguen otros.

Estas son mis burdas razones que me movieron a creer en Dios y volverme católica. No espero que concuerdes conmigo, pero sí que me comprendas. Te lo expliqué lo mejor que pude, pues no soy religiosa, mucho menos teóloga. Pero confío que mi explicación haya aclarado algunas dudas de mi actuar. Espero con ansias saber lo que piensas.

Felices fiestas. Te deseo una feliz navidad y por favor, saluda a mis padres. Diles que sabes de mí, diles que estoy bien, pero solamente eso. Guarda discreción, pues pronto iré a verlos y deseo contarles todo por lo que he pasado, pero necesito estar lista. Aun debo procesar bastante.

Besos y abrazos,

H.

III

27 de enero del 2019

Estimada hermana:

Me sorprende la seguridad de tus palabras, pero quizás lo que más logra llamar mi atención es el cambio tan drástico que se dio en ti. Lo que viviste no fue cualquier cosa, eso lo puedo comprender, pero ¿tanto afectó tus creencias y formas de ver la vida? En verdad no querría que eso me pasara a mí. No sé si hablo por lo que le pasó a tu familia, o por tu metamorfosis espiritual. No digo que sea especialmente malo, pero no lo sé, hay algo que no termina de encajarme. Será algo personal, quizás algún sesgo. Quizás lo que no me gusta de los creyentes y religiosos es que parece que lo tienen todo fácil, le quitas lo especial al entendimiento y a la razón, y como todo se vuelve obra y voluntad de Dios, pues no vale realmente la pena avanzar y mejorar el conocimiento humano. Donde yo veo auto superación y ciencia, ustedes ven orgullo y vanidad. Y eso de los dogmas, es lo que más aborrezco. El cinismo que tienen de creer que pueden hablar por su Dios y decir "esto es ahora verdad incuestionable". ¿En serio? Ya es suficiente creer que el hijo de un Dios se hizo humano y anduvo predicando la buena vida. Ok. Pero ahora resulta que hay quienes hablan por él y dicen qué es correcto y qué no. No lo sé. No me cuadra.

¿Recuerdas la clase de religión en el colegio? Detestaba que todas las respuestas fueran "Dios", "el amor de Dios" y cosas por el estilo. Sentía que me limitaba el pensamiento y que me mantenía mediocre. Pero, luego, considero tu posición, y realmente frente al sufrimiento que experimentaste, de nada le sirve a la persona en agonía el conocimiento humano, la razón y el descubrimiento de estas llamadas "cosas terrenales". Así que, en ese aspecto y de esa forma, creo que puedo comprenderte.

Sin embargo, no te mentiré: no puedo evitar ahora verte sin lástima. Siento que no fuiste tan fuerte. Y al carecer de la fortaleza necesaria aquí y ahora, buscaste en un lugar ajeno a la realidad y tu solita forjaste tu apoyo a base de nubes y humo, asegurando que ese apoyo viene de aquel que todo lo ve, todo lo sabe y todo lo puede. Siendo quien eres, admiro tu humildad en afirmar esto. No sé si yo podría renunciar a mi razón tan solo por la promesa de algo luego de la muerte.

Cuando mencionas que Dios le da sentido al sufrimiento y al dolor, sigue una vocecilla en mi cabeza que me grita "¡¿Ese dolor lo puso él mismo en tu cuerpo para que lo soportaras y lo amaras más?!" Pero debo darte la razón en algo: si asumimos que Dios es todo perfección, todo verdad y todo eso que aceptan los creyentes, y tomamos en cuenta lo que varios grandes científicos y filósofos han llegado a concluir, a saber, que el ser humano es, entre mucho, limitado y finito, tan solo entonces puedo comprender que si ese ser poderoso tiene algún plan, bueno, sería ridículo que intentásemos comprenderlo. Quizás nunca lleguemos a comprender el fin último y el sentido del dolor y sufrimiento. ¿No sientes que es una salida fácil? Yo sigo sintiéndolo dentro de mí, pero, no importa. Eso es cuestión de cada quien.

Con respecto a lo de la religión verdadera, creo que esa es tu razón dando patadas de ahogado. Coincido perfectamente con lo que dices, pero creo que no en el mismo sentido que tú. Tú dices que por existir muchos caminos para lo mismo, todos son virtuosos en algún aspecto y no deberían valorarlos menos. Yo, por otro lado, encuentro allí una prueba para desmentir a todas las religiones. No entiendo cómo pueden ser tan intransigentes y decir que "la suya es la verdadera", y condenar a todos aquellos que no tuvieron la "fortuna" de crecer en la suya. Eso me parece muy injusto, y tu bien sabes que detesto las injusticias. Lo poco que te queda de entendimiento propio hace aparición en ello y te evita de caer en fanatismos y bajar la cabeza frente a dogmas ridículos.

Me disculpo si me he soltado mucho, pero con nadie tengo esta confianza. Usualmente intento no tocar estos temas porque los he evitado tanto que no he investigado a profundidad. Te hablo desde lo que sé, o al menos desde lo que creo saber. Agradezco que me hayas escrito intentándome explicar tu decisión. Créeme que he intentado comprenderlo lo mejor posible. Volveré a leer tu carta para asegurarme de no haber dejado cabos sueltos. Debo decir que no comparto tu visión del mundo, pero no te preocupes, sigo queriéndote.

Por cierto, las fiestas estuvieron muy alegres, mamá preguntó por ti todo el tiempo. Le dijimos que habías tenido pacientes de emergencia y debías atenderlos. Papá se encuentra muy triste. Desea saber de ti, desea que los visites. No lo tomes a la ligera, la última vez que él habló de ti, lo hizo con un aire de resentimiento, y tú sabes lo testarudo que es él. Ve a visitarlo si no quieres que se forme una mala opinión de ti lo que le resta de vida. En lo que me concierne a mí, debo decir que por ahora me encuentro bien, sano y estable. Desearía verte un día de estos. En verdad, me hace falta abrazarte.

¿Sigues visitando ese viejo café con la enorme librería en la parte de atrás? Quizás podríamos vernos allí un día de estos y platicar más.

Aun te estimo, a pesar de todo. Un abrazo

J.

15 de marzo del 2019

Querido hermano:

Agradezco que aún me estimes, "a pesar de todo". Como te dije desde mi primera carta, no espero que me des la razón ni concuerdes conmigo. Busco que intentes comprenderme aunque haya cosas que no compartas. No busco tu aprobación, ni la de nadie. Si te comparto todo esto, guárdalo y valóralo en memoria de lo que algún día signifiqué para ti.

No veo razón para seguir explicando más el tema, pues todo lo que podía escribir de la mejor forma, lo he hecho. Lo que me queda decirte es una advertencia, como de una hermana mayor a su hermanito: no esperes a que te suceda una calamidad para dirigir tu mirada hacia algo más alto. Yo la dirigí a Dios, tú podrías terminar en otro camino. Te lo aseguro: llegado el momento de prueba máxima, cuando te toca vivir el dolor y desasosiego propios del ser humano, uno busca respuestas, pero muy pocas logran satisfacerte. La ciencia y el entendimiento humano tiene un límite, y cuando buscas soluciones no solo buscas explicaciones, sino también la forma de disipar el dolor que sientes. Comprender el dolor no lo cura, aunque si puede ayudar un poco. ¿Has leído a Spinoza? Creo que te gustaría hojear algunas cosas de él. Espero te animes un día a darte cuenta que ser hombre de razón no obsta para que la fe conviva contigo.

Piensa que un día te faltará todo lo que tienes, que un día no serás tan sano, ni tan próspero, ni tan alegre, ni tan dichoso. Mira a Pascal, por ejemplo. A ti que te gustan las matemáticas, puedes aprender mucho de él, y no solo de ciencia. ¿Recuerdas lo que decía? En algún momento él dijo que era conveniente creer en Dios, sea porque existe y es lo correcto, o sea porque no existe y nada pierdes con hacerlo. Creo que este es el último recurso que podría darte, sabiendo que no estás dispuesto a aceptar la existencia de Dios de manera más genuina. Quizás lo aceptes entonces por cuestiones de conveniencia. Mira que no es tan descabellado. Tómalo como un seguro de vida para tu alma: si no existe, nada pierdes realmente; pues creer te ayuda a mejorar tu forma de actuar y modula tus apetitos, aquellos que tanto tratan los filósofos, esos que no eran cristianos. ¿Ves? Hay de todo, no hay excusa.

Yo he tomado este camino. Es el que más me ha ayudado, y voy creciendo en él. Constantemente me siento mucho mejor y todo empieza a cobrar sentido. Desearía que sientas algo así tú también. Y entiendo que no sea el cristianismo una opción para ti, yo más que nadie te comprende. Así era yo. Pero bueno, queda que la vida haga lo suyo. Solo ten presente que, frente a la falta de soluciones y al encontrarse uno en completa oscuridad y desconsuelo, cualquier luz es útil. Desearía que si tuvieses alguna duda o si te llama la atención, me lo hagas saber. Quizás podamos ayudarnos mutuamente. Si no es así, no te preocupes, no tocaré más el tema, pero deberás tomar en cuenta todo lo que significa para mí.

Mientras, cuéntame cómo está tu familia. Lamento no haber querido llegar a las fiestas. No estaba preparada. Hay mucho que debo digerir todavía, mucho que debo aceptar y estos días han sido especialmente difíciles. En cuanto a lo de juntarnos en aquel café, me parece excelente, pero yo te avisaré cuando. Tú deberás esperar mi aviso. Si tienes oportunidad de hablar con mis papás, diles que los amo, y que espero pronto estar mucho mejor para llegar a hablar con ellos.

Te amo, hermanito. No perdamos contacto. De nuevo me disculpo por la tardanza de mi correspondencia. No es fácil hablar de esto con nadie, incluso contigo, pero tú vales el esfuerzo.

Besos y abrazos,

H.

IV

1 de junio del 2019

Hermana:

Lamento mi ausencia. Seré lo más breve posible, pues hay cosas importantes. Mamá está convaleciendo. Por ahora se encuentra en la casa, pero papá quiere moverla a un hospital. Ella desea quedarse en casa. Es una situación difícil y triste. Papá está molesto contigo. No quiere verte. Creo que si supiese por todo lo que has pasado, comprendería más, pero no sé por qué no has ido a verlos. ¿Qué más tiempo necesitas? No te comprendo en verdad. Yo también estoy algo molesto. Tu actitud pasa de ser entendible a ser ridícula. Espero llegues un día a verlos y hablar de una vez por todas. Yo no diré nada, pero si deseas alejarte de tu familia, excelente. No vuelvas a escribirme si no has ido a visitarlos. No soporto tu cinismo. ¿No es acaso lo que un cristiano haría? Bueno, tú sabrás más de eso.

Por lo que un día significaste para mí, te mando un fuerte abrazo. Nada más.

J.

7 de julio del 2019

Querido hermano:

Hace dos días fui a ver a mamá. Ya no me reconoció. Sé que pude haberlo hecho antes, pero decidí no hacerlo y ahora debo vivir con las consecuencias de mis actos. Sin embargo, confió en que si muere con su mente en blanco, podremos vernos luego, en la otra vida.

La tristeza que me genera eso rivaliza con la esperanza que un día volvamos a vernos y poder rezar juntas. Con respecto a papá, ya te contará que está enfadado conmigo. No lo culpo, pero me duele que gane más la decepción que me tiene que el amor de un padre a una hija. No lo juzgo, pero si me duele. Por su actitud no le conté del aborto ni de los intentos de suicidio. Eso quedará entre tú y yo. No puedo volver a verlo. Su mirada fue la misma que le lanzas a un extraño por la calle. Sin emociones. En cuanto a ti, hermanito, no te guardo rencor. Te amo no importa lo que me digas o cuánta lástima me tengas. Pero, me distanciaré aún más. Quizás me vaya de aquí y haga mi vida desde cero. Siento que me ayudaría. No lo he decidido.

¿Crees que puedes soportar mi presencia lo suficiente para juntarnos el mes entrante? Quisiera saludarte después de todo esto, o despedirme... No lo sé. Tú me dices.

Te ama,

H.

1 de noviembre del 2019

Querido hermanito:

Me he persuadido de que no deseas volverme a escribir o saber más de mí. No respondiste mi última carta. No sé qué pudo haber roto nuestro lazo, pero me apena mucho darme cuenta de ello.

He decidido irme lejos. No sé si vuelvas a saber de mí, pero quiero que sepas que mi amor por ti no ha cambiado. Aun amo a papá. Rezo todos los días por ustedes, especialmente por mamá. Deseo que tu vida sea de provecho, que logres terminarla satisfecho de haber hecho lo que deseabas, y que algún día comprendas que no hay que avergonzarse de saberse débil y vulnerable frente a la inmensidad y lo desconocido de la vida. Adiós hermanito. Un beso eterno.

Te ama,

H.

POEMARIO

Nulla tamen utilior quam proprie mortis cogitatio;
memoriare novissima et in eternum non peccabis.

[Ecl., 7,40]

PRESENTACIÓN

Bien podría decir que, sean en verso o en prosa, a la fecha de la publicación de estos poemas, todos son autobiográficos en algún sentido. Mucho de lo que viví, hasta el día de hoy, se encuentran allí.

En muchos momentos nos encontramos con la necesidad de expresar la vastedad de emociones que nos genera cada experiencia, y de alguna forma, el poema es una herramienta que logra abarcar tanto, en tan poco. Aunque han pasado algunos años desde que empecé a dejar por escrito estas canalizaciones emocionales, aun les guardo cariño a estos primeros intentos de plasmar algo, lo suficientemente decente, como para poder afirmar que son de mi autoría. Lamentablemente mi orgullo me obliga a disculparme por lo inocentes e inmaduros que pueden ser algunos de mis escritos, pero, de ellos voy aprendiendo; con ellos conozco de dónde vengo. Además, sería un pecado desconocer mis orígenes en esta materia. Si es que la historia ha visto alguna vez nacer escritores natos, no es el caso conmigo. Yo también aprendí a caminar, cayéndome.

Por tanto, no soy ajeno a la falta de estilo, léxico y orden que presentan varios de mis escritos tempranos. Mi métrica usualmente fluctúa y la disciplina no es uno de mis fuertes.

Muchas veces fui inspirado por lo que leía en aquel tiempo. Por ejemplo, mientras leí a Eco, brotó el deseo de escribir los Poemas Vocálicos; San Juan de la Cruz y Santa Teresa me mostraron un escenario renacentista español que coincidieron bastante bien con varias emociones demasiado intensas, que elegí ese estilo especialmente para ellas; estudiando a Góngora me animé a dejar la timidez a un lado y me propuse encontrar la palabra adecuada para cada intención, pues el idioma español es tan rico para cada situación y sujeto aludido.

En fin, dejo al lector con un primer trabajo, uno temprano y algunas veces inmaduro, pero también recordando todo lo que esto significa. Espero compartir algo del sentimiento que un día conocí, que por mucho tiempo me acompañó, y que al día de hoy, aun reconozco cada sombra y cada silueta que pueda poseer en mi memoria.

Nueva Guatemala de la Asunción, 10 de septiembre del 2022

TRISTIA CARMINA

AMANECE

Yace quieto mi cuerpo,
amplio espacio me rodea.
Mi calor tomo por cierto,
en mi mente ninguna idea.

Surge en mí la conciencia,
aquella bendición que lastima.
Inútil busco tu presencia.
Y la verdad cae toda encima.

Sueños fugaces se desvanecen
como pequeñas brasas se apagan.
Acaso tu rostro aparece;
mis ideas luchan y se aclaran.

Una brisa lastima mi cuello,
la soledad suspira de nuevo.
Estampado permanente cual sello.
Un amargo trago, eso bebo.

Un rayo de luz roza mi mejilla;
beso divino que me da vida.
Bendita chispa de energía,
olvido de cualquier herida.

Goza mi almohada un abrazo
dirigido a tu ausencia perenne;
me encorvo y acerco mis brazos;
mi cuerpo no sabe, no aprende.

Él no se calma, no olvida;
tiembla de frío, no calla.
Tus caricias, su comida,
tu regazo ahora no halla.
De pronto algo me espabila,
me encuentro ahora orientado.
La realidad ahora me encarrila,
y tú sin estar a mi lado.

El llanto quedó atrás,
huyó también la aflicción.
Mis esfuerzos, todos en aras
de una onda resignación.

En mi lecho, tan solo vacío;
en mi pecho un duro corazón,
ajenos a todo cuanto ansío.
Tan solo reina la razón.

Desgraciada herramienta escogida
que quema mi comprensión;
pues no sufro fractura ni herida,
mas el gozo del amor es una ilusión.

Cobarde solución he tomado.
Miedo al dolor que me orilla
a renunciar de aquello amado,
Y vivir en la melancolía.

Sin embargo, mi vida continúa,
y mi aliento es aún vigoroso.
En el ático mi dolor se sitúa
Y mi ánimo se vuelve ruidoso.
Prefiero olvidar lo ocurrido;
la emoción cesa al empezar el día.
Pues no conviene saberse sufrido.
¡Dios sabe dónde pararía!

~2~

ANHELOS

Una espera continua,
es lo que son los anhelos.
Todos gritos silenciados,
por cobardía fragmentados.

Mi anhelo, mi deseo,
tu compañía y tus caricias;
pero aún mas importante,
tu querer hacia este cobarde.

El querer aun presente,
lucha eterna y constante.
Así alimentas mi mente.
Sufro si te veo ausente.

Y tú ¡cuánto ignoras, no te percatas!
Y yo ¡mi voluntad, no se abstiene!
Reviviendo solas esperanzas.
Una muerte perenne.

3

INSOMNIO

I

Ya sin luz, tan solo la luna.

De pensarlo, no hay necesidad alguna.

Y allí te encuentras, completa soledad;

cuestionándote lo mismo, buscando la verdad.

Esas mismas preguntas

reviviendo viejas memorias.

Creyéndote un sabio, ¡muy audaz!

Estimándote por poco, ¡qué mordaz!

II

Ya sin luz, tan solo las estrellas.

Los recuerdos atacan, sofocan.

¿Dónde tu escudo y tus armas?

Represión y resignación, ¿así les llaman?

¡Vamos, ataca! ¡Tú, con tanta pericia!

¡Que no te hieran, no te nublen!

Que todos ellos carecen de malicia;

aunque no te fíes, algunos puede que te turben.

III

Ya sin luz, tan sólo tú.

Algo surge de las brasas, sin previa solicitud.

Profundo temor y añoranza que carcomen el ánimo,

sudado y retorcido, huyendo de ese camino.

Pero es fugaz y muy rápido.

Cesará todo por la mañana.

No te turbes y quédate dormido,

fortuita y conveniente hazaña.

IV

Ya sin luz, ya sin ti.

Estas, pero no apercibes.

Despistado, cambias de escenario.

Nadie te ve, todo lo puedes.

¡Goza! ¡Disfruta!

¡Aprovecha la ocasión!

Alegría diminuta;

todo en otra dimensión.

V

Ya contigo, luz es todo.

¿Qué pasó? ¿A dónde fui?

Aunque viajé tan cómodo,

todo sigue aquí.

4

VALE MÁS...

Grito que calla,
lagrima escondida;
una pequeña falla,
un deseo de toda la vida.

Ese suspiro en silencio.
Aquel amor inolvidable.
Ya se nota el cansancio;
ya se ve inalcanzable.

Aquella promesa tuya.
Aquel sueño apasionado.
Juntar tu vida con la suya;
verte siempre a su lado.

Y helos aquí,
sin rumbo en mira.
Un horizonte hermoso.
Pero tú sólo ¿a dónde irías?

La brisa matutina,

el sol de mediodía.

Una sonrisa cada día;

De noche, solo melancolía.

~5~

CONSUELO

Y llega la noche
tan callada y silenciosa;
Sublime y sin reproche,
Tan sutil y misteriosa.

Junto a ella, la luna bosteza;
suave murmullo, pureza preciosa.
Mi alma aun solloza,
en verso, lacrimosa

Pero he allí, que te encuentro
entre tanta paz, tu esencia ilumina.
Calmando un ser, arrullo sempiterno;
paz plena que el miedo culmina.

Eres tú, Padre Celestial,
quien a mí acude.
Tu amor colosal
con misericordia me cubre.

RIESGO Y FE

Y decidí cruzar
camino sobrio y sin sabor aparente.
Decidí cerrar con llave,
Viéndome inseguro y de valor ausente.

Aquel no era cualquier pasillo,
era uno poco conocido;
de aquellos sólo de ida,
de aquellos donde no hay huida.

Ante la duda incesante
la seguridad debe ser constante,
la impaciencia es comprensible
y la nostalgia nunca invisible.

La ilusión apremia
y el apoyo escasea.
El tiempo corre
y mi fe se tambalea.

~7~

DUDA

¡Atiende corazón!
¿Ego o inmadurez?
¿Emoción o razón?
¡Todas! ¡Ninguna! Maldita extrañez.

¡Atiende corazón!
Amigo solo uno.
¡Mísero caparazón!
Ciego como nudo.

¡Atiende corazón!
Salvaje epifanía.
¡Pobre armazón!
Nube de agonía.

¡Atiende corazón!
¿Cuál malicia?
Si solo ves desazón.
¡Actúa con pericia!

¡Atiende corazón!
El tiempo es corto, la vida pierdes.
Tu brasa quema, mísero carbón.
¡Date cuenta! ¡Sólo tú puedes!

SALVAJE E IMPRUDENTE

Sentimiento imprudente,
llegas tan salvaje.
¡Tu arranque miente!
¿Qué he hecho que te atraje?

Tan puro y sin sombras,
conoces el miedo.
Te escondes, no te muestras.
¿No eras tú más fiero?

¿Hasta cuándo tu pena?
Tan sensible y molesta
¡Tú, ardua faena!
¿Hasta cuándo? ¡Contesta!

Esperando el olvido,
uno que no se asoma.
¿Aún no te has ido?
¡La paz, inalcanzable aroma!

9

INDECISIONES

Sabes que debes
pero no quieres.
Dudas si lo conoces
Y aun así, nada haces.

¿Piensas que no es así?
Crees que te equivocas
y supones que no te importa,
pero aun así, a tu orgullo provoca.

Ya lo habías sentido;
esto tiene una causa.
De tu memoria se excusa;
consecuencia totalmente injusta.

¿Qué vas a hacer?
¿Qué quieres hacer?
¿Qué debes hacer?
¿Y qué estás haciendo?

¿CUÁNTO MÁS?

Esta vida,
tan sola y rica,
buscando compañía,
tan desesperada y única.

Nunca satisfecha,
siempre inconforme;
perfectamente hecha,
el deseo nunca duerme.

Mientras voy yendo,
nunca acompañado,
ella va viniendo;
veo que ha llorado.

¿Qué más he de sacrificar?
¿Cuánto tiempo he de sufrir?
¿Es que debo mendigar?
¿O así he de morir?

11

AL ANHELO DE COMPAÑÍA

Tengo un sueño recurrente
de ir por un camino,
pero hay algo que no cuadra:
es una compañía
ausente y vacía.

Deberé ir solo.
¿De eso hace cuánto?
¿Acaso la soledad
es signo de mi necedad?

¿Será un capricho
vestido de necesidad?
¿O tal vez un anhelo
disfrazado de ansiedad?

Algún día podré saberlo;
podré comprender entonces
que no todos los caminos
son hechos para dos destinos.

Pero hasta ese día,
mi alma, angustiada,
buscará desesperada
aquella otra amada,
quien por mí esperara.

12

QUERER Y DEBER

Quizás alguien escuche,
a lo mejor alguien concuerde;
la vida, batalla incesante,
se gana o se pierde, indistintamente.

Por un lado, el deber;
Por el otro, el querer;
¿Coinciden? ¿Se conocen?
Nunca. Ambos obstan su ser.

No siempre se puede;
a veces no se quiere,
otras no sucede.
Indecisión que no mueve.

El "hubiera" no acontece
y el presente pasa, no se conoce.
Ves todo, menos el cese.
Mientras, uno fallece.

Me mata, me carcome;
poco a poco, mi paz socava
Entre deber y querer
mi vida acaba.

¡Quién no haya elegido!
Habiéndose caído,
levantándose luego, firme y decidido,
débil, vulnerable, todo dolido;
sin alegrías, siguiendo el camino.

Batalla interminable.
No pido que acabe;
Lucho por vivirla,
lloro por fingirla.

13

AL FINAL DEL DÍA

Al final del día
quisiera que recuerdes
esos días alegres,
que junto a ti vivía.

Al final del día
por favor, no olvides
cuánto te procuro;
en mi corazón resides.

Al final del día,
cuando la lluvia calme,
cuando el viento cese,
mi amor solo se engrandece.
Al final del día,
cuando ya todo haya pasado,
recuerda cuánto te quería,
cuánto te he amado.

Al final del día

yo también te pienso,
y me da alegría
saberte parte de mi vida.

Al final del día
quisiera que supieses
lo mucho que para mí significas;
el vacío que tu ausencia magnifica.

Al final del día
es cuando más te pienso,
pues aunque duermo tranquilo
tu ausencia me recuerda incompleto.

Al final del día
espero verte en sueños,
pues solo allí sé
cuánto viví, cuánto amé.

Al final del día,
te suplico me recuerdes
como aquel que sin ti
más y más se entristece.

Al final de tus días
sabrás que alguien te amó;
como nadie más lo hizo,
como nadie más lloró.

MI CRUZ

¡Qué cruz la mía!
Esa que llega a mí.
La que debe darme alegría,
esa que debo vivir.

¡Abba, Padre!
A ti me dirijo;
a ti también, Madre,
los ama su hijo.

Padre, tú lo sabes todo,
tú sabes que te amo.
Déjame vivir a tu modo,
por el estrecho tramo.

Quita mi soberbia,
socaba mis miedos.
¡Mis dudas y faltas, hazlas pequeñas!
¡Mi amor y compromiso, hazlos fieros!

¡Madre mía!
¡Reina mía!
Vela por mi vida,
por mi fe, cada día.

~15~

ALGÚN DÍA

Allá a la distancia
anhelos en penumbra,
sueños naufragados,
nostalgias y sombras.

Allá quedaste tú,
en aquello que pudo;
pero fue mas el deber
que el amor que por ambos hubo.

Y mi alma contigo,
mi vida como tu abrigo.
Mis alegrías te las dejé
y mi amor, todo te lo di.

¡Qué no daría por darte más!
Pues ni todas las canciones
ni todas las palabras
expresan lo que eres para mí.

"Que el cielo llore por mí,
porque yo cada vez me siento peor
y sin lágrimas ya,
no logro sentirme mejor"

Ahora queda la memoria
de aquello inconcluso
que un día empezó
y ni un beso terminó.

Algún día
descansaremos al alba,
con nuestra alegría arrullándonos,
al fin podremos amarnos.

Hasta ese día,
algún día,
espéralo con ansia
que yo cuento los días.

A ti, amor,
jamás un último adiós.
Más bien "hasta pronto"
¡oh, vida mía!

RECUERDO DE FIN DE AÑO

El ocaso se hace presente
y el viento anuncia diciembre.
Aquel anhelo insistente;
una alegría que creía, duraría siempre.

¿Qué pasó entonces?
Allá cuando nada preocupaba
¿Acaso se me escaparon los meses?
¿O fue tu fe en mi mirada?

¡Oh memoria! ¡Cuán sutil es tu llegada!
¡Cuán dolorosa tu partida!
Dejas tu aroma y te das a la tarea
de traer de nuevo el dolor de toda herida.

Y frente al fin de otro día
tu recuerdo queda latente;
mi piel se estremece en agonía
pero mi corazón salta de alegría.

El ocaso pasó de repente
y ahora es diciembre.
Mi anhelo aun presente
y mis lágrimas, ausentes.

17

CONOCÍA

I
Un día cantaba alegrías,
maravillas y sorpresas me movían;
la idea de conocer lo que venía.
Pero yo entonces, no conocía

"¡Que cese el tiempo!" decía.
"¡Que el sol no se esconda!" pedía.
Suspiraba cuando atardecía.
Pero yo entonces, no conocía.

Un día descansaba, reía;
ufanado con el presente, yo vivía.
Deseaba lo vivido en la lejanía.
Pero yo entonces, no conocía.
El tiempo pasaba, yo lo veía;
Ahora de cerca, lo que acontecía.
Lo que un día relucía, ya no lo hacía.
Pero yo entonces, no conocía.

II

De lo bueno, algo malo salía:
tedio, hastío, eso sentía;
pero era la misma compañía
que poco a poco, yo conocía.

¿Qué fue de aquello que vivía?
Su totalidad, eso no reconocía,
pues todo aquello me sorprendía;
y poco a poco, yo conocía.

La costumbre y el hábito, eso sucedía.
Lo fresco y genuino era ahora rutina.
Un esfuerzo, eso requería.
Y poco a poco, yo conocía.

Vicios y caprichos consentía;
progresivamente, todo se repetía.
Vicios parecidos, también yo tenía,
que poco a poco, yo conocía.

III

Lo espontáneo, lo agradable, de eso ya no había.
Burlas y críticas, ¿eso de dónde salía?

Mi entendimiento cegado, mi corazón palidecía;
pero yo entonces, ya conocía.

El amor y el cariño aún vivían,
pero a salir no se atrevían.
Asomándose al tiempo, así lo hacían.
Pero yo entonces, ya conocía.
Era tiempo y espacio lo que requerían;
era soledad lo que a veces pedían.
Miedo a saturarse, eso tenían;
pero yo entonces, ya conocía.

Alejados de ambos, eso proponía;
separados, ninguno quería.
Mas la paz, el cariño, veía que volvían;
pues yo entonces, ya conocía.

18

A MI ESPERANZA

Quisiera poder sentir
eso mismo que tu,
pero sin ese peligro
de ser como yo.

Anhelo tanto amar así;
entregarlo todo, todo de mí.
Pero sin aquella amenaza;
darme todo, sin templanza.

Envidio a aquellos
que saben entregarse
y siendo despreciados
lo repiten, sin rendirse.

Hay algo adictivo en la esperanza.
Ella es la energía, una locura;
No acaba, no pide venganza,
tan solo tu atención procura.

¿Debo sentirme bien?
Muerto en vida, no pudiendo disfrutar
aquello que puede, pero aún no es;
privado de lograr, pero no de desear.

Al final, solo eso queda.
Cuando muera, descansaré de anhelar,
pues mi esperanza me guía.
Loca y tenaz, cuerda y aún vacía.

POR SIEMPRE

Por siempre un abrazo,
uno muy fuerte,
uno que forme un lazo
para nunca perderte.

Por siempre un beso,
uno sincero,
uno de esos
con mi amor, te cedo.

Por siempre una caricia,
una cariñosa,
una sin malicia
pero silenciosa.

A TU ECO

Mi voluntad inquieta;
la calma me sienta,
me dice que aguarde
y con su anhelo deleita.

Aquel desespero
lucha con esmero,
se vuelve frenético
por amor sincero.

Sin opción, desisto.
Tu presencia insisto,
escuchando tu voz.
Solo así persisto.

Aquel bello sello al final,
significado eterno.
El cielo nos vio juntos.
¡He allí la dicha!

Aquello que ha sido unido
que nunca sea separado.
Sea siempre su voluntad.
Eros, filia, ágape.

~22~

Los días pasan
alejado de ti;
el tiempo se nos va,
no sé a dónde ir.

El pecho me duele.
Mi ánimo cansado,
y el mundo sigue
sin ti a mi lado.

Ya será el tiempo
que tanto abrazamos,
y estaremos contentos
aunque ancianos vayamos.

DICIEMBRE 23

Hoy será redimido el aniversario
de cuando inicié ese sueño.
Vine y me instalé
como es debido y esperado.

A quien me ata al mundo,
A mi cariño encarnado
y a la familia elegida:
siempre suya, toda mi esencia.

Nada es hoy nuevo.
Tal como fue ayer será mañana.
Pero es palpable la sutil diferencia
al pasar los años y segundos.

Cuento las horas
aunque siempre se me olviden;
cuando no me encuentro acompañado,
cuando me pierdo, cuando estoy privado.

Y frente a todo,
ese es mi regalo:
Su ser, su amor, su vida,
mezclada con la mía.

24

SIGO

Apatía constante;
afecto plano y embotado.
Todo por dentro, en mi esencia,
Mientras mi corteza lucha
por mostrarme coherente y sano.

El deseo de compañía se oxida
con la esperanza
de no terminar en soledad.

La dificultad de encontrar y conocer
a quienes amar "tan solo un poco más"
no se compara con la ardua tarea
de mantener, cuidar y alimentar esas amistades.
Cansancio en el tedio y cansancio en el sufrimiento;
la paz funge como el justo medio
donde el péndulo pasa, pero no se detiene.

Tan solo para oscilar eternamente
hasta que se logra pasar el plano

y trascienda con el amor de Dios.

Anhelado momento,
fruto de mi siembra, motor de mi persistencia;
esfuerzo de mis adentros,
calma de mi corazón.

25

Pasa el día
y la materia,
lista y dispuesta,
se frustra de nuevo
frente al desgano,
férreo y pesado.

Sigue y se marchita
frente al sol,
imponente y apagado,
con rayos difuntos,
cae con el peso
de mil cuerpos.

Las sombras agobian,
no dejan ver;
esconden la luz,
tenue y sin vida.
Muerte perenne;
aún hay aire.
Pasa el día
esperando al siguiente.
Un nuevo juego;

hastío.

Tanto y tan poco.

Contraproducente.

26

¿Qué es esto que siento?

Falsa sensación de bienestar.

¿Es tu silueta en mi pensamiento?

Esa que me hace suspirar.

¿Qué es esto que siento?

La calma se disipa, las dudas me acorralan.

¿Estoy acaso despierto?

¡Mi fe y esperanza! Ambas ya no me hablan.

¿Qué es esto que siento?

¿Por qué me es tan difícil?

¿No deseaba yo esto?

¡Creía que sería más fácil!

¿Qué es esto que siento?

Eso fue: creí un supuesto.

Algo imposible, algo honesto;

algo ingenuo, algo opuesto.

27

LLUVIA

¿Qué tendrá la lluvia, que llama a la melancolía?
¿Es quizá su sombra, alejada y fría?

Gotas grises, semejan al llanto.
¿Acaso el cielo no puede con tanto?

Le habrán contado, le habrán dicho.
Lo que he visto, lo que he hecho.

Mi calor se extingue, mi vista calla.
Y la lluvia sigue, nunca falla.

NOLUNTAD

Duele amar lo querido
Duele no amar lo debido
¡Necia, terca, deja ya en el olvido
aquello que has elegido!

¡Voluntad desobediente!
Tu elección es consciente,
sé que no mientes.
¿Qué acaso no escuchas el crujir de mis dientes?

El placer que ansías
termina con tus días.
¿Cultivar tu vida? ¡Esa no es la vía!
¡Cuida de quien te fías!

Llora, grita, haz algarabía,
pero de lo terreno aleja tu alegría.
Pues tu alma se agría
y tu amor se enfría.
¡Escapa, vete, corre y escóndete!

No me seduzcas, que no logre verte.
Y deja ya de moverte,
que un paso en falso significa la muerte

Yo sé lo alegre que es vivir;
lo cálido que una caricia se ha de sentir
y lo precioso que es un beso compartir.
Pero ve más allá, hay más por qué morir.

Duele perder una mirada,
duele más no hacer nada.
El tiempo pasa y el apetito acaba.
Mi vida o mi alma, ¿cuál será condenada?

Comprendo tu pesar,
es difícil sopesar.
Pero piensa ¿dónde quieres estar?
¿Qué justifica ese malestar?

Alza tu horizonte;
no pases la copa, se valiente.
Sube hacia el monte.
Deja todo, Él no miente.

Mi pluma engaña, no es sincera.

Dividido en dos, el caos impera;

Amarte más, eso quisiera.

Quiero y no quiero, ¡he allí mi miseria!

Poder y no hacer.

Tener hambre y no comer.

Querer un beso y no ceder.

Dejarlo todo y no volver.

¡Petrarca, acompaña mi agonía!

Maldita noluntad que te carcomía.

Conmigo es igual, de noche y de día.

¿A dónde el santo que te socorría?

Yo también pido ayuda,

algo o alguien que a mi grito acuda,

pues mi fuerza se hace aguda

y mi fe se hace muda.

Tengo miedo, lo admito.

Perder mi vida, eso evito.

Vergüenza y pena, eso repito.

Aun así, frente al sagrario, me hinco y medito:

"Quiero querer.
No creo poder.
¡Persistir y no ser!
¿Y mi vida perder?"

¿Tu gracia me vasta?
¿Tu amor no se gasta?
¡Ya basta!
¿Quién soy yo? ¡Ya basta!

¡Ciervo inútil! Eso soy,
tanto ayer como hoy.
Por mi vida, errando voy.
¡Todo mi amor! ¿Por qué no te lo doy?

¡Tanto me amo!
¡Necio! ¿Acaso soy yo mi amo?
Diario oro, al cielo clamo:
"¡condúceme por el estrecho tramo!"

Infinita misericordia:
ve mi alma en discordia;
Júzgame, ve mi historia.
¡Logra en mí esa ansiada concordia!

ORACION AL ESPIRITU SANTO

Espíritu Santo, te pido por favor:
¡dame la gracia, aumenta mi amor!
Que no tema yo, ni a mi cruz ni al dolor.
Que ame a mi Padre con sumo fervor.

Quiero amarlo locamente,
darme todo sinceramente;
pues no logro sacarlo de mi mente.

No es lugar, estoy consciente.

A mi corazón, allí pertenece;
lastimado y ensuciado, no te merece.
Mis dudas y miedos, ambos crecen
y mi amor, con lo terreno se desvanece.

¿Por qué tanta angustia y tanto miedo?
Es mi vida, la veo y la pierdo.
¿Tan ciego estoy que me encierro,
me ensimismo y bajo el placer me entierro?

¿Ves lo perdido que estoy?
Seducido por la carne, así voy;
dudando de lo eterno, no sé quién soy.

Pena y congoja, eso doy.

Santo Espíritu, no puedo mentirte:
quiero sentir, gozar, y a veces olvidarte;
Pero anhelo también poder adorarte.
Soy un lío, un cobarde, un completo desastre.

Pierdo si gano mi vida
y gano si la doy por perdida.
Trato y no veo salida.
¡Trato y no sana esta herida!

Tengo miedo de verme ya maduro,
que mi amor se marchite y mi corazón se haga duro;
lamentarme y haberme negado puro;
que sea ya tarde para saltar ese muro.

Quizás esa sea la solución,
apostarle a la procrastinación.
"Hoy no, mañana con decisión",
e ir cumpliendo la misión.

Miedos terrenos, angustias pasajeras,
tentaciones todas lisonjeras.
¡Ayúdame que la carne me aleja!
Rescata a esta pobre y perdida oveja.

POEMAS VOCÁLICOS

¡Ay, ánima!

A aquel ánimo, apesadumbrado;
acostumbrada alma, al ameno asistir;
atestados, alguno alejado, algotro alegrado.

¡Ay, ánima! Ayúdame, auxíliame, atiéndeme.
Acuérdate aquí, ámame allá.

¡Él, espíritu!

En equilibrado estado, encendido en especial emoción.
¡Él, espíritu! encamínome;
Él, estimándome;
Él, empujándome.

Enmendándome enardecido;
Él, en eterna espera.
Esta experiencia, esa epopeya,
enraizada... ennegrecida...

¡Encuéntrame!
¡Escúchame!
¡Entiéndeme!

Ícaro imperecedero

Ignota iluminación, inmerecida inmanencia;
insistentemente invitándola,
inevitablemente iterativo.

Iracundo inacabado, inefable individuo;
Ícaro imperecedero, innecesario ignorante.

Irremediablemente idílico.
Irrisorio; irracional inviolable.

"¡Imítame!" Imposible.
¡Imprégname! Indemne.

¡Osadía!

¡Osadía! Ostentoso orgullo;
orden ocasional, ordinario oficio.

Oyendo, observando;
onírico olvido.

¿Orientado? ¡Obsesivo!
Ofrecimiento ovacionado.

Otros ofuscados, otras odas;
obliteración oportuna, ocurrencia ofrecida.

¡Oh, osadía!

Ubicuo

Ubicuo umbral;
último ujier.

Unánime urgencia;
unidad ulcerada.

¡Ulular urgido!
Único... utópico.

Uno ubérrimo.
Uno, upado.

ENGLISH POEMS

For my absence

Although I'm not by your side
My love for you never die.
I'm sorry not to be right there,
Showing you that I care.

Life has not being fair
My sadness I may not share.
But I believe in God's plan
Trying as good as u can.

My love, my soul,
Awake all night as an owl.
No sleep and no peace
Screaming while I write this.

What else could I do?
My hands are tied too.
This warm and sincere will
Struggling for not being killed.

~2~

Someday

You will see someday
You will hear me say

Those unique words
Those savage swords

That break my pride in two
That make me live too

And I will whisper no sound
As for us, eternally bound

Look who's back!
This same old thought
You've never leave, right?
Or did I never let you go?

An old feeling
The same situation
Older and older
The same temptation
Wondering, just wondering
I just want you to stop
How can I end you up?

No, you'll never leave
You're a part of me
That I will never conceive

And that's why you always whisper:
"See you later,
But don't forget
Enjoy your precious peace
While I'm not there"

~4~

¡Nevermind, is done!
The hope is already gone
I still have a song
Although it left me alone

It has to be that way
We better look away
Just remember what we always use to say:
"Never forget: I love you anyway"

~5~

I
And then,
 I was already there

I neither felt angry,
Nor scare

And all my troubles
I didn't care

It was you
That made me unaware

II
The answer
Is already there

Follow it
That's the dare

But the reason is weak
When feelings appear

JULIO RODAS

III
Still in peace
But for how long?

Is this my favorite place?
Or am I wrong?

Just like a "good bye"
An end without cry

Oh! But so cruel this end!
Is impossible to mend!

196

~6~

As my mind start to think
My soul cry and scream
I'm into doubt and question
That's the worst sensation

Am I Right?
Am I wrong?
Am I light?
Neither enough nor strong.

Following the river
Making my own path
Being no longer free
Or run, that's the question in me

I'm just that good
Not quite I'd prefer to
Maybe someday, with some mood
Maybe somebody else, someone good

www.ingramcontent.com/pod-product-compliance
Lightning Source LLC
Chambersburg PA
CBHW031955010726
47493CB00007B/2209